KB187317

내 인생이 흔들린다 느껴진다면

내
인
생
이
혼
들
린
다
느
껴
진
다
면

초판 1쇄 발행 2019년 7월 9일
초판 2쇄 발행 2019년 7월 22일

지은이　　남희령
펴낸이　　이희철
기획　　　　(주)엔터스코리아 (책쓰기브랜딩스쿨)
편집　　　　김정연
마케팅　　임종호
북디자인　디자인홍시
펴낸곳　　책이있는풍경

등록　　　　제313-2004-00243호(2004년 10월 19일)
주소　　　　서울시 마포구 월드컵로31길 62(망원동, 1층)
전화　　　　02-394-7830(대)
팩스　　　　02-394-7832
이메일　　chekpoong@naver.com
홈페이지　www.chaekpung.com

ISBN　　　　979-11-88041-25-1　03810

이 도서의 국립중앙도서관 출판시도서목록(CIP)은 서지정보유통지원시스템 홈페이지(http://
seoji.nl.go.kr)와 국가자료공동목록시스템(http://www.nl.go.kr/kolisnet)에서 이용하실 수
있습니다. (CIP제어번호 : CIP2019022701)

내 인생이 흔들린다 느껴진다면

남희령 지음

책/이/있/는/풍/경

키 큰 나무숲 사이를 걸어 나오니 어느새 내가 훌쩍 커졌더라. 어디선가 읽고 깊이 공감했던 구절입니다. 운이 좋아 꽤 오래 방송 일을 하면서 그렇게 느낀 적이 많았거든요. 인기 연예인, 뛰어난 학자, 성공한 사업가뿐 아니라, 엄청난 실패로 주저앉았다가 이를 악물고 운동화 끈을 단단히 맨 후 길을 나섰던 사람을 만날 때 말입니다. 느닷없는 사고로 장애를 안게 되어 180도 다른 삶을 살면서도 지금 자신에게 만족한다는 이야기를 듣게 될 때 말입니다. 스튜디오에서 만났던 한 분 한 분이 스승이고 거울이었습니다. 그분들을 통해 저를 가다듬으면서 마음의 키가 손톱만큼씩 자라나는 것 같았습니다.

키 큰 나무가 되어 저를 키워주신 분들 중에는 소중한 동료도 있습니다. 〈아침마당〉을 비롯해 여러 프로그램에서 오랫동안 함께 일했던 남희령 작가도 그중 한 사람이지요. 표현 하나 표정 하나 신경 써야 하는 생방송 프로그램을 앞두면 진행자는 원고를 읽고 말을 다듬는 작업을 거듭하게 됩니다. 부적절한 어휘 선택이나 두루뭉술한 단어 사용으로 누군가의 마음을 상하게 하거나 중요한 메시지를 놓치게 될 수도 있으니까요. 그러나 남희령 작가의 원고는 눈으로 한번 쓱 훑어보기만 하면 됐습니다. 보태거나 뺄 것 없이 딱 그대로 진행하면 됐지요. 직관이 뛰어나고 판단력이 정확하며 애정 어린 시선으로 세상과 사람을 바라보는 작가, 책임감을 가지고 방송 일을 대하는 남희령은 그야말로 프로페셔널입니다. 분명히 동생인데 마치 언니처럼 느껴지는 사람, 정확하고 간명한 자신의 글처럼 누구든 꼬임 없이 담백하게 대하는 사람, 고민을 털어놓으면 뛰어난 유머 감각으로 웃게 해주고 그러고 나면 마음 편안해지는, 남희령은 그야말로 웅숭깊은 사람입니다.

　그런 그녀도 어느 순간 휘청거릴 때가 있었겠지요. 지금 가고 있는 길이 맞는 것인지 회의가 들 때가 있었겠지요. 선배의 고민을 들어주고 후배의 문제를 해결해주는 그녀도 누군가에게 물어보고 싶을 때가 있었을 겁니다. 인생 내비게이션이라도 있으면 좋을 텐데, 인공지능이 아무리 발달해도 그런 길 안내는 나오지 않을 테지요. 스스로 묻고 주위를 둘러보며 찾아가는 수밖에 없을 겁니다. 그럴 때 나보다 먼저 걸어본 사람, 다른 사람들이 가는 길을 찬찬히 둘러본 사람이 곁에 있다면 도움이 되지 않을까요. 오랫동안 방송을 하며 인생을 배웠던, 수많은 출연자를 만나며 삶을 공부했던, 날마다 원고를 쓰면서 끊임없이 길을 찾았던 남희령 작가의 내비게이션을 따라가 보는 건 어떨지요.

그 길에 웃음과 눈물이 있어 좋을 겁니다. 일 때문에 힘들었던 순간, 사람 때문에 아팠던 마음, 가족 때문에 눈시울 붉혔던 기억, 가족 덕분에 힘을 내게 되었던 날들을 진솔하게 펼쳐놓은 그녀의 솔직한 고백이 내 이야기 같고 당신 인생 같아서 공감하고 위로받고, 그러다 어느 순간 치유가 될지도 모릅니다. 내 인생이 흔들린다 느껴진다면, 이 책을 기꺼이 당신에게 권하는 이유입니다. 아늑한 글숲 사이를 걷다 보면 어느새 당신의 마음도 훌쩍 넓어져 있을지 모르니까요.

— 방송인 이금희

차례

Prologue

몸도 마음도
서걱거리던
그런 날이 있었다

내 나이 다섯 살.

청량리역 한복판에서 엄마를 잃어버렸다.

울진 깡촌에 살아선 비전이 없다며 먼저 서울로 떠난 아빠.

그 아빠와 살림을 합치기 위해 서울로 가던 날이었다.

엄마의 양손은 궁색한 보따리가 차지하고 있었고

나는 오로지 엄마의 고무줄바지 왼쪽 끝자락에 의지한 채

무섭고 낯선 삶을 향해 떠밀려 가고 있었다.

얼마나 지났을까.

고개 들어 엄마를 올려다봤을 땐 그야말로 하늘이 노랬다.

있어야 할 엄마 대신 처음 보는 아줌마가 있었다.

어쩌다 내가 엄마가 아닌 다른 아줌마의 바짓가랑이를

잡고 있는 건지는 도저히 알 길이 없었다.

뒤늦게 어린 나를 발견한 그 아줌마는

외마디 비명을 한번 지르더니

징그러운 벌레를 떼어내듯

바지 끝을 위태롭게 잡고 있는 내 손을 매몰차게 쳐내곤

새카만 인파 속으로 사라졌다.

복잡하고 겁나는 세상 속에 혼자 버려진 막막함.

한 번도 와본 적 없는 낯선 땅,

서울 한복판에서 다섯 살 인생의 시간은 그렇게 멈췄다.

내 나이 서른다섯 즈음,

다섯 살에 느꼈던 공포와 두려움이 다시 날 찾아왔다.

그 당시 난 작가생활 10년차, 결혼생활 5년차.

나의 삶은 지표를 잃고 방황하고 있었다.

반대를 무릅쓰고 사업을 시작한 남편을 대신해

가장이 된 나.

죽어라 일하고 살림하고 애를 키우는데

이상하게 삶이 나아질 기미가 보이지 않았다.

모래알 빠져나가듯 사라지는 돈 때문에

천정부지 치솟는 전셋값을 따라가기도 숨이 막혔다.

먹고살아야 하니 어쩔 수 없다는 얄궂은 핑계로

어린 딸아이에게도 최선을 다하지 못한 못난 엄마였다.

그 무렵, 오랜 고민 끝에 가진 둘째 아이가 유산됐다.

하지만 쉴 수 없었다.

난 생계형 작가였으니까….

이후로 내 몸은 망가지기 시작했다.

갑작스런 하혈로 죽기 직전에 중환자실에서

눈을 뜨기도 했다.

가슴에도 혹이 생기고 호르몬에도 문제가 생겨

수술과 치료가 이어졌다.

길었던 그 시간만큼 남편에 대한 원망은 깊어지고

아이에 대한 미안함은 쌓여만 갔다.
몸도 마음도 서걱거려 폭삭 주저앉을 것 같았던
그런 날들이었다.

누군가에게 얘기를 듣고 싶었다.
도대체 내 인생은 왜 이렇게 흔들리고 있는 건지.
교과서 어디에서도 가르쳐준 적 없는
인생의 정답에 대해서,
어떻게 살아야 잘 사는 건지 듣고 싶었다.
사람들을 만나 인터뷰를 하고 구성을 잡고
원고를 쓰는 내 일이
그때부터는 일이 아닌 공부가 되었다.
방황하는 내 삶을 위한 인생 공부!
그러면서 알게 됐다.
부침 없는 인생은 결코 없다는 걸.
오히려 부침이 크면 클수록
그 부침이 삶의 더 강력한 접착제가 되어
우리네 삶의 단락 단락을 강력하게 연결해준다는 걸.
이 책은 수많은 부침 많은 인생들과 만나며 건져 올린
삶의 이야기들이다.

그후로 10년,

사십대 중반이 된 난 여전히 방황하고 고민한다.

이십에는 이십 가지 고민이,

사십에는 사십 가지 고민이 생기는 게

인생이란 것도 알게 되었다.

하지만 적어도 전처럼 오랜 시간을 방황하진 않게 됐다.

이 모두가 때론 초라했고 때론 화려했던—

때론 가슴 아팠고 때론 가슴 뜨거웠던

내가 만난 주인공들 덕분이다.

지금 이 순간에도 흔들리는 삶 앞에

힘겨워하는 누군가가 있다면

이 말을 꼭 해주고 싶다.

그대! 결코 흔들리지 마라.

인생에 정해진 보폭이란 없으니—

그러니 그대,

그저 그대의 호흡대로,

그대의 보폭대로

묵묵히 걸어가도 좋다.

휴먼 프로그램 작가로
살아간다는 것

—

꼬셔야 사는 여자

．

，

　　요즘 나는 일주일에 최소 3~4명을 꼬신다. 3년 전만 해도 일주일에 최소 7~8명은 꼬셨다. 더 전에는 아예 가족 전체에 사돈의 팔촌도 꼬셨다. 꼬시는 사람들도 다양하다. 내 나이 이십대 중반에는 주로 식당 주인을 꼬셨다. 서른이 되면서부터 정치인을 많이 꼬셨다. 당대표부터 원내대표, 정책위의장을 두루 꼬셔봤다. 그러다 아픈 사람도 꼬셔봤고 성공한 사람들도 꼬셔봤다. 성형외과 의사들만 중점적으로 꼬신 적도 있고, 변호사만 집중 꼬신 적도 있다. 멋지고 화려한 연예인을 꼬시는 것도 은근 재밌다. 이 글만 보면 사람들이 날 꽃뱀인 줄 알 거다. 하지만 난 꽃뱀이 아니다. 방송작가다.

　　방송작가에 입문을 하게 되면 제일 많이 하는 일이 바로 출연자를 섭외하는 일이다. 말이 좋아 섭외지, 한마디로 사부작사부작 설득해서 내 프로그램에 출연하도록 꼬시는 일이 아니고 무엇이겠는가. 이 일이 어느 정도 고난도냐면, 차라리 얼굴을 보고 꼬실 수 있으면 좋겠다. 하지만 막내 시절엔 오로지 전화로 꼬셔야 한다. 오죽하면 얼떨결에 작가가 되고 난 후, 글의 'ㄱ'도 쓰질 않고 하루 종일 전화만 돌리고 있는 내 모습을 보면서 내가 과연 작가가 된 건지, 텔레마케터가 된 건지 의심스러웠던 적도 있었다. 재미있는 사실은 연차가 낮을 때의 섭외 성공률보다 연차가 높을수록 섭외 성공률이 높다는 것이다. 우스갯소리로 '고기도 먹어본 사람이 먹는다'는 말이 있듯이 꼬시는 것도 여러 번 꼬셔본 사람이 잘 꼬신단 얘기다.

몇 년 전, 여성지에서 인터뷰 요청이 왔다. 지상파 3사의 교양, 예능, 다큐, 라디오 파트의 대표적인 인기 프로그램 작가들의 섭외 노하우를 인터뷰하고 싶다고. 영광스럽게도 교양 프로그램에선 〈아침마당〉이 뽑혔다. 잡지사 기자가 궁금해하는 건 크게 두 가지였다.

얼마나 꼬셨냐와 어떻게 꼬셨냐. 얼마나 꼬셨을까. 사실 셀 수도 없다. 멋모르고 꼬셨다가 '이분이 아닌가벼' 하며 취소를 한 것까지 합치면 내가 20년간 방송하며 출연시킨 사람들의 몇 곱절은 될 테니까. 어떻게 꼬셨을까…. 이건 좀 할 말이 많다. 이걸 전문가들은 '설득의 기술'이라고 표현하지만 난 그런 어려운 기술을 배운 적도 없고, 유식하게 표현할 줄도 모른다. 난 그저 '촉'으로 섭외를 한다고 할 수 있겠다. 이 사람이 나한테 넘어올 거 같다, 아니다 하는 느낌.

사실 그보다 중요한 꼬시기의 절대 원칙이 있다. 이건 완전한 내 영업 비밀인데, 마케팅을 하시는 분들이나 영업직에 있는 분들은 물론이고 상대방의 마음을 얻어야 할 사람들은 집중할 필요가 있다. 오늘! 내가 돈 안 받고 그 절대 원칙을 풀겠다.

촉보다 더 중요한 꼬시기의 절대 원칙은 바로 '넘어올 사람만 꼬시는 것'이다. 여기저기 실망하는 소리가 들리는 듯하다. 그 잡지사 기자도 이 말을 듣고 실망하는 빛이 역력했었다. 짐작건대 그 기자는 절대 섭외가 안 되는 출연자들을 섭외의 달인이라는 내가 전문가들도 모르는 신종 비법으로 꼬셨길 바랐을 것이다. 하지만 절대 섭외가 안 되는 출연자들을 꼬셨다면 그건 신종 사기지 신종 비법이 아니다.

어차피 섭외가 안 될 사람은 안 된다. 내가 말한 '넘어올 사람만 꼬신다'는 건 쉬운 사람만을 골라서 꼬신다는 얘기가 결코 아니다. 그 속엔 아주 심오한 의미가 숨어있다. 그 옛날 손자병법에 친절히 적혀있듯 '적을 알고 나를 알면 백전백승(百戰百勝)'이란 얘기다. 즉, 상대방이 어떤 상황인가를 꼬시기 전에 충분히 알고 들이대야 한다는 소리다. 그 사람이 지금 내 방송에 나올 상황인지 아닌지 말이다. 방송에 나온다는 건, 방송에 나올 필요가 있다는 얘기고, 방송을 통해 뭔가를 얻어 갈 게 있다는 얘기다. 따라서 그 사람이 현재 상황에 어떤 것을 필요로 하는지 작가가 알고 들이대야 한다는 것이다.

그런데 이런 상황 파악은 단번에 알아지지 않는다. 그 사람에게 안테나를 꽂고 변화되는 상황들을 평상시에 체크하고 있어야만 가능하다. 이렇게 되면 헛다리를 긁지 않아도 되기 때문에 꼬시기에 들어가는 절대 시간과 에너지를 절감할 수 있어서 좋을뿐더러 왜 상대방이 출연하기 어려운지를 알기 때문에 다음에 상황이 바뀌었을 때는 반드시 출연을 해주십사 하고 줄을 대놓을 수가 있는 것이다. 당신 같으면 나에게 지속적으로 관심을 가져주는 사람에게 당연히 끌리지 않겠는가. 단언컨대 꼬심의 절대 기술은 '지속적인 관심'이다.

부끄러운 기억도 쓸모가 있다

．
，

고백하건대 방송작가인 나는 대학생이 되기 전까지 독서를 모르고 살았다. 그때까지 내가 한 독서는 오로지 국어 국정교과서의 지문을 읽는 게 다였다. 그야말로 시험에 필요한 독서 말고는 전혀 하지 않고 살았단 얘기다. 그랬던 내가 방송작가로 긴 시간 살 수 있었던 건 우연한 경험 덕분이었다.

대학교 3학년 때, 자유선택으로 국어국문학과 수업을 들었다. 이 또한 국어국문학에 관심이 있어서가 아니다. 절친인 동아리 친구가 국문과라는 이유 하나였다. 비평 수업인지라 내용도 따라가기 빠듯한데 한번은 에세이를 쓰라신다.

아… 에세이라…. 고등학교 국어 시간에 배우던 경수필, 중수필을 말씀하시는 것이던가. 지문을 보고 수필의 종류를 맞히는 문제는 풀어봤어도 경수필이고 중수필이고 써본 적이 없는 나로서는 막막하기 그지없었다. 주제는 아무거나 좋으니 편한 대로 쓰면 그게 수필이 된다고 교수님은 말씀하셨다. 막막한 마음에 창밖을 쳐다보고 있자니 아침부터 내리고 있는 빗줄기에 눈길이 갔다. 그 순간, 나의 기억은 7년 전의 비 오던 어떤 날로 순식간에 되돌아갔다.

때는 중학교 2학년 여름. 장마철이었다. 마지막 7교시 수업을 받고 있는데 억수같이 비가 쏟아졌다. 장마철인 걸 뻔히 알면 우산을 미리 준비해서 등교를 했으면 좀 좋을까마는 그런 날은 머피의 법칙처럼 우산을 챙긴다는 걸 꼭 잊는다. 그날도 그랬다. 분명 저 비를 뚫고 집에 갔다가는 속옷까지 옴팡 젖을 그런 비였다. 그 순간, 내 머릿속에 두 가지 생각이 교차했다. 엄마가 우산을 들고 교문 앞에서 기다리고 있었으면 하는 생각과 차라리 엄마가 오지 말았으면 하는 생각.

나는 늦둥이 막내다. 아빠 나이 마흔셋, 엄마 나이 마흔넷에 내가 태어났다. 지금이야 사십대에도 애를 낳는 여자들이 꽤 흔하지만 나 때만 해도 시골이면 몰라도 도시에선 사십대 중반에 애를 낳는 여자는 거의 없었다. 심지어 내가 태어나던 해, 우리 시골마을에서 엄마와 비슷한 나이에 출산을 한 아줌마가 두 명 더 있었는데 그 두 아줌마는 자신이 낳은 아이가 딸인 걸 확인하자마자 엎어두었다는 끔찍한 얘기도 들었었다.

내가 초등학교에 입학했을 때 엄마는 이미 흰머리 성성한 할머니였다. 더군다나 옻이 심하게 올라 염색도 하지 못하는 상황이었다. 그러니 친구들 앞에서 할머니에 가까운 엄마의 모습을 보여주고 싶지 않았다. 종례까지 끝나고 교문을 나서는데 교문 앞에 가득한 학부모들 사이로 엄마가 보였다. 그것도 우산살까지 보기 좋게 부러진 망가진 우산을 쓰고서 말이다. 그 순간, 나도 모르게 엄마를 외면한 채 빠른 걸음으로 집으로 돌아왔다. 내가 도착하고도 한참이 지난 후에야 엄마는 집에 도착했다. 눈에 불을 켜고 쳐다봐도 우리 막둥이를 못 봤다며 비를 흠뻑 맞고 왔으니 감기라도 걸리면 어쩌냐고 엄마는 한없이 미안해하셨다.

국문과 수업을 듣던 그날 아침도 비가 내렸다. 어둑한 날씨 탓에 늦잠을 잔 터라 부리나케 준비를 해서 집을 나섰다. 한참 골목길을 뛰어 내려가고 있는데 오르막 골목 중턱에 엄마가 우산을 쓰고 앉아있었다.

"엄마! 여기서 뭐 해?"
"아이고, 오르막이 힘들어서 쉬는 중이다.
학교 가냐? 얼른 가."
"갔다 올게. 엄마도 얼른 집에 가."

무심하게 말을 내뱉고 지하철역을 향해 정신없이 뛰는데 늙은 엄마가 창피하다며 엄마를 외면하고 장맛비를 뚫고 집에 왔던 장마철의 풍경이 오버랩되었다.

'아, 지금에 비하면 그때 우리 엄마는 늙은 게 아니었는데…. 내가 왜 그때 엄마를 부끄러워했을까.'

수필은 비와 엄마에 관한 이틀의 풍경이었다. 그리고 그 수필로 나는 점수 짜기로 유명한 교수님으로부터 국문과 학생이 아닌 타과생 중, 유일하게 A학점을 받았다. 부끄러운 기억이 쓸모가 있다는 걸 난 그때 처음 알았다.

나는 교양 프로그램 중에서도 유난히 휴먼 다큐멘터리를 많이 했다. 방송 소재에 사람이 빠진 게 얼마나 되겠는가마는 그중에서도 인생 얘기가 중심인 프로그램을 많이 했다.

지금은 종영된 프로그램이긴 하지만 KBS의 〈피플 세상 속으로〉가 그렇고, SBS의 〈리얼코리아〉가 그렇고, 요즘도 방송되고 있는 SBS 〈세상에서 가장 아름다운 여행〉이 그렇고, KBS의 〈인간극장〉이 그렇고, MBC의 〈휴먼다큐 사람이 좋다〉가 그렇고, 10년째 하고 있는 KBS 〈아침마당〉도 모두 사람 얘기고 인생 얘기다. 생각해보면 내가 오랜 시간 휴먼 다큐멘터리나 토크쇼를 할 수 있었던 것은 모두 나의 유년 시절에 체화되어 있는 감추고 싶은 기억 덕분이지 싶다. 늙은 부모님의 정서는 물론, 터울 많은 언니, 오빠들로부터 그 세대의 이야기를 수없이 들었었다.

나와 나이 차이 한참 나는 그들이 어떤 때에 감동하고 어떤 때에 슬퍼하는지, 어떤 때에 부끄러워하고 어떤 때에 벅차하는지를 피부로 느낀다. 밥상머리에 올려진 생선 한 토막을 차마 드시지 못했던 엄마의 마음을 느끼고 대학 진학을 포기하고 취업을 해서 동생들의 뒷바라지를 해야만 했던 큰언니의 상처를 느낀다. 셋방살이 시절, 집주인 앞에서 전세금을 조금이라도 깎아보려고 늦둥이 어린 막내딸을 옆에 앉혀놓고 읍소하던 부모님의 슬픔을 느낀다. 사십대 중반의 딸이 손녀를 낳자 엄동설한에 미치지 않고서야 먹고살기도 빠듯한데 또 애를 낳으면 어쩌냐며 타박했다는 것 때문에 돌아가실 때까지 손녀에게 미안해하셨던 외할머니의 마음을 느낀다. 부끄러워 감추고 싶었던 그런 기억들과 감정이 내가 다른 이들의 삶을 이해하고 글로 표현하는 데 큰 도움이 된다는 걸, 방송작가로 살면서 점점 더 느끼고 있다.

몇 년 전에 처음으로 엄마에게 고백을 했다. 내가 어렸을 때 엄마로부터 종종 듣던 말, 다리 밑에서 주워 왔다는 그 말이 진실이길 꽤 오랜 시간 바랐었다고. 그래서 어느 날 자가용에서 넉넉하게 생긴 부잣집 사모님이 짜잔~ 하는 효과

음과 함께 내려서 "내가 네 어미다" 하면서 나를 데리고 가길 바랐었다고. 그런데 지금 생각해보니 내가 이렇게 방송작가로 자리를 잡고 살 수 있는 건 부족한 환경에서 나고 자라게 한 부모님 덕분이었다고. 그러니 엄마 아빠한테 물려받은 게 없는 게 아니라 너무 많은 걸 물려받고 산 거 같다고. 덕분에 내가 글이란 걸 쓰고 먹고산다고.

　엄마는 뭐 그런 말도 안 되는 유산이 있냐며 씩~ 하고 웃었다. 나도 웃었다.

선무당은 사람을 잡지만
서당개는 사람을 살릴 수 있다

,

딸아이가 초등학교에 입학하고 나니 엄마들 모임이 슬슬 생기기 시작했다. 그 당시 나는 〈인간극장〉이라는 미니시리즈 형태의 휴먼 다큐멘터리를 하고 있었다. 촬영 기간이 긴 다큐멘터리는 방송이 임박하면 일주일이고 밤을 새우다시피 하지만 일단 아이템이 정해지고 피디가 촬영을 나가면 몇 주 정도는 띄엄띄엄 여유가 생긴다.

아이도 초보, 엄마도 초보인지라 정보를 얻는 차원에서 시간이 나는 한 엄마들 모임에 최대한 참석을 했다. 그런데 엄마들 모임이라는 게 그렇다. 대부분 '카더라~' 통신이다. 정확하지도 않은 정보가 돌고 돌아 이끼가 잔뜩 낀 상태 말이다.

한번은 이런 적도 있었다. 엄마들끼리 모여서 한창 성형 얘기로 불꽃을 올리고 있었다. 그런데 조용히 얘길 듣다 보니 온통 잘못된 정보투성이였다. 전에 2년 정도 성형 프로그램을 했던 적이 있던 나로서는 카더라 통신이 위험 수위에 달했다는 걸 직감했다.

방송작가(특히 교양 작가)란 직업이 감사한 것 중에 하나가 바로 이런 거다. 돈 내고 배우자고 치면 학비만도 수천만 원이 들어갈 내용이요, 배우는 데 걸리는 시간만도 적게는 몇 년 걸릴 내용인데 분야별 최고의 전문가를 찾아 그들에게 핵심만 배우는 것이다. 물론 단시간에 배운 내용이다 보니 깊이감은 좀 떨어질 수밖에 없지만 말이다.

엄마들 얘기를 듣다 듣다 이러다간 성형 중독 오지 싶은 걱정에 나는 내가 알고 있는 고급 정보들을 하나씩 흘리기 시작했다. 이를테면 성형외과 의사들은 절대 얘기해주지 않는 성형의 비밀 같은 거 말이다.

얘기를 듣더니 엄마들이 깜짝 놀란다. 청바지에 티셔츠 차림의 평범한 내 행색으로 보아 집에서 솥뚜껑 운전 제대로 하시나 싶었는데 저 아줌마 뭐지 하는 눈빛이다. 의심의 눈초리도 거두게 할 겸, 내 직업은 방송작가고 이런저런 프로그램들을 하다 보니 전문가들을 많이 알아서 내용을 좀 아는 거다 설명을 해줬다.

그다음부터 내 휴대폰은 시도 때도 없이 불이 났다. 온갖 글쓰기 청탁부터 부동산 전문가를 소개해달라, 종합병원 명의를 소개해달라, 이혼을 하고 싶은데 이혼 전문 변호사를 연결해달라 등등.

가족문제상담 프로그램을 할 때는 내가 TV 밖 상담사가 되어 상담을 해준 적도 많다. 막상 전문가 상담을 받기엔 여러 면에서 부담스러운 사람들에게 내가 방송에서 다룬 비슷한 케이스들을 알려주고 그때 전문가들이 했던 조언들도 알려준다. 그리고 마지막으로 나에게 고민을 털어놓는 사람이 겪는 갈등보다 좀 더 센 갈등을 얘기해준다.

"많이 힘들겠다…. 그런데 내가 인터뷰한 사람 중에는 이런 갈등을 겪는 사람도 있어."라며 심각한 갈등 내용을 얘기를 해주면 대부분 "정말? 그 사람에 비하면 난 약과네…. 어쩌냐 그 사람." 이러면서 본인이 위로받는 것은 물론이고 심지어 얼굴도 모르는 타인을 걱정해주는 경우도 많다.

어쩌면 우리가 위로받는 순간은 잘난 사람들의 대단한 극복기보다 보통 사람들이 겪는 나보다 더 센 아픔에서일 경우가 많으니까.

옛말에 '선무당이 사람 잡는다'는 말이 있다. 무속인이란 파트가 원래 그렇다. 잘못하면 혹세무민하기 딱 좋은 직업이다. 그러니 혹시라도 혹세무민하고 있는 무속인 옆에서 몇 년 있으면 더한 혹세무민을 할 가능성이 높다. 이건 명백한 범죄다.

하지만 기왕 몇 년 있을 거라면 서당 옆에 있는 서당개가 낫다. 서당개는 주워들어도 풍월을 주워듣기 때문에 은근슬쩍 사람들에게 도움을 줄 수 있다. 좋은 사람을 옆에 두라는 건, 돈 많은 사람을 옆에 두란 얘기가 아니다. 돈은 누군가 훔쳐 가면 그만이지만 내 머릿속에 있는 지식과 지혜는

죽으면 죽었지 누군가 절대 훔쳐 갈 수 없다. 그러니 한 가지라도 내가 배울 게 있는 사람을 가까이해야 한다. 긍정적 에너지가 가득한 사람들과 지속적으로 교류해야 한다. 그래야 당신도 인생을 살며 한 번쯤 누군가를 의도치 않게 살리는 값진 경험을 할 수 있다.

우연을 운명으로 만드는 행복

,

　　어렸을 적, 나의 꿈은 교사였다. 교사란 직업이 대단해 보여서가 아니라 우물 안 개구리인 내가 자라면서 본 직업이라곤 교사밖에 없어서였다. 1년에 한 번 정도는 꼭 꿈에 대해서나 미래에 자신이 하고 싶은 직업에 대해서 쓰라는데 본 게 교사밖에 없으니 교사라고 적었던 것은 어쩌면 당연한 결과였으리라.

　　그럴싸한 명분을 대자면 진정한 스승이 되고 싶었다. 대학생이 되도록 스승의 날에 찾아가고 싶은 선생님 한 명이 없는 내 삶을 반추해보면서 나는 꼭 제자들이 찾아가고 싶어 하는 스승이 되리라는 결심도 했었다. 그런데 나의 유일무이한 그 꿈을 대학교 4학년 1학기, 교생실습을 하면서 접었다. 불과 한 달이라는 짧은 기간이었지만 예쁜 학생과 안 예쁜 학생이 보이기 시작했다. 내가 다루기 편한 애는 예뻤고, 반항기가 다분한 애들은 미웠다. 내 앞에서 알랑방귀를 뀌는 애들이 귀여웠고 데면데면하게 구는 애들은 미웠다. 공부를 잘 따라오는 애가 예뻤고 공부를 등한시하는 애들은 싫었다. 이건 내가 교사가 되려는 취지와는 결코 맞지 않았다. 한 명 한 명을 공평하게 예뻐할 자신이 사라지는 순간인 동시에 좋은 스승이 될 자신이 사라지는 순간이었다.

　한 달간의 교생실습이 끝나고 학교로 돌아온 난, 미련 없이 교사라는 직업을 접었다. 그러고 나니 졸업 후 진로가 막막해졌다. 선생님 외에 다른 직업을 상상도 해본 적 없었기 때문이었다. 더군다나 사범대학의 특수성상, 일반 회사에 취직이 쉽지 않았다. 친구들은 대부분 임용고사를 보거나 대학원에 진학을 했다. 집안 형편도 빠듯한데 사회에 나가는 게 두렵다고 대학원을 진학하자니 쓸데없이 학벌만 높이는 것일 뿐, 또 그 학비는 어떻게 감당하나 싶으니 부모님께 말을 할 수 없었다. 뭐 해먹고 살아야 하나 깜깜한 날이 한동안 계속됐다. 어느새 4학년 2학기도 중반을 넘어서고 있었다.

　그런데 사람 인생이란 전혀 예상치 않은 길로도 풀릴 수 있다는 걸 그해 가을에 알았다. 늦가을의 문턱에서 내가 활동하는 동아리의 20주년 창립제가 있었다. 20주년답게 졸업한 선배님들까지 많은 사람들이 모였다. 창립제에서 내가 맡은 역할은 85학번 선배와 더블 MC를 보는 것이었다.

　그런데 창립제에 온 선배 중에 방송국 피디를 하는 선배가 있었다. 능청스럽게 MC를 보는 내 모습을 좋게 보셨는지 뒤풀이 자리에서 선배가 날 부르셨다. 끼가 많은 거 같은데 방송국 일을 한번 해보지 않겠냐고. 사범대학을 나온 내

가 무슨 방송국이냐니까, 어차피 방송은 전공과는 상관없다며 피디는 공채시험을 봐야 하지만 FD는 그냥 소개로 들어갈 수 있으니 졸업 전에 경험 삼아 해보라는 제안이었다. 졸업은 코앞인데 집에서 놀고 있을 수는 없어서 소개만 시켜주면 무조건 하겠다고 했다. 그리고 몇 달 후, 정말 방송국 모 프로그램의 FD로 들어갔다.

그런데 문제는 연출부 일이 나랑 맞지 않았다. 영상에 대한 감각도 없었지만 그 당시만 해도 FD는 사람 취급 안 하던 시절이었다. 욕이 난무했다. 없이는 살았어도 욕먹고는 안 살아본 나로서는 이건 내가 할 일이 아니다 싶었다. 또다시 막막해지는 순간이었다. 그런데 그 순간, 담당 피디가 나에게 작가를 해보는 게 어떻겠냐며 제안을 했다.

작가라니…. 글이라곤 대학교 3학년 국문과 수업 시간에 쓴 '비 오던 날의 기억'이 전부인 나에게.

자신 없다고 말씀을 드렸더니 프로그램 들어올 때 제출했던 자기소개서와 프로그램 모니터링 내용을 보니까 글재주가 있던데 연출보다는 작가가 더 맞을 것 같단다. 그렇게 난 하루아침에 구성작가가 뭔지도 몰랐다가 구성작가의 길로 들어섰다.

다행히 구성작가 일은 나한테 너무 잘 맞았다. 늘 새로운 걸 찾아내고, 섭외하고, 구성하고, 최종적으로 글까지 써야 하는 이 일이 너무 힘든 일임에는 틀림없으나, 그리고 매번 시청률이라는 성적표를 받아야 하는 이 일이 피를 말리는 일임에도 틀림없으나 하루도 똑같은 일이라곤 없는 이 일이 난 참 좋았다. 아마 정시에 출근하고 퇴근하며 반복되는 업무를 해야 하는 일이었다면 내 성향상, 20년을 2년처럼 일할 순 없었을 거다.

어느 날, 중학생 딸아이가 묻는다.

"엄마, 난 엄마가 작가라 그냥 별 생각이 없었는데 내 친구들 중에 작가가 되고 싶어 하는 애들이 참 많더라고요. 친구들이 물어봐서 그러는데 작가는 어떻게 되는 거예요?"

"음…."

뭔가 멋진 루트를 알려줘야 하는데 꾸며낼 게 없다. 내가 작가가 된 과정은 이렇게 전혀 예측 불허였고, 상상 초월이었으며 전대미문이었으므로.

요즘은 미래의 직업도 일찌감치 정하고 전공도 일찌감치 정해서 소위 말하면 스펙을 관리하는 시대다. 그런데 내 생각은 좀 다르다. 사람 인생이란 게 어떻게 풀릴지 아무도 모른다. 그러니 너무 일찌감치 정하고 그 한 길만 보고 달려가는 것이 때론 위험할 수도 있다. 좌도, 우도, 뒤도 돌아보지 않고 오로지 앞의 한 길만 보고 달렸다가 능력 부족이든 판단 착오든 '이 길이 아닌가벼' 하게 되면 답이 없어진다. 그러니 세상에 길은 많고 모로 가도 길은 통하면 되는 것이며 그 여러 길을 걸으며 다양한 경험과 다양한 느낌을 느끼며 걸어가는 게 우리의 삶을 훨씬 풍요롭게 만들 수 있다고 난 생각한다.

광고 전문가이자 작가인 박웅현 씨의 《여덟 단어》를 보다가 내 맘에 쏙 드는 내용이 있어서 무릎을 쳤다.

"모든 인생이 최선만을 선택할 수 없습니다. 저는 대학도, 직업도, 차선, 차차선의 선택을 한 사람입니다. 인생의 선택들이 주로 그랬습니다. 그런데 여러분, 최선의 선택을 했다고 해서 그 인생이 성공한 인생이라고 누가 보장할 수 있습니까? 때로는 차선에서 최선을 건져내는 삶이 더 행복할 수도 있습니다."

난 여기에 한마디 더 덧붙이고 싶다. 우연을 운명처럼 만들며 사는 삶도 의외로 행복하다고.

우연도 열심히만 하면 찰떡궁합 운명이 될 수 있다고.

죽음과 맞닥뜨린 순간,
떠오른 유일한 생각

；

사람은 누구나 한 번은 죽는다. 하지만 살면서 죽음의 문턱을 밟았다가 다시 돌아온 사람들은 많지 않다. 나에겐 고맙게도 그 희귀한 경험이 있다. 고맙다고 표현할 수밖에 없는 것은 죽음의 문턱에 다녀오기 전과 다녀온 후의 나는 너무나 달라졌기 때문이다.

긴 고민 끝에 임신한 둘째 아이가 자연 유산이 되고 난 후, 몸의 이상을 느끼면서도 병원을 갈 여유가 없었다. 결국 몇 달의 방치 아닌 방치 끝에 드디어 마지노선에 다다랐다고 느낀 날, 과감히 프로그램에 사표(?)를 냈다. 마지막 원고를 마무리하고 담당 피디에게 이메일 전송을 마친 그 순간에 하혈이 시작되었다. 제일 먼저 남편에게 전화를 했다.

"오빠, 난데…."

우물쭈물하는 나와 달리 남편의 목소리는 단호했다.

"나 회의 중이야. 이따 전화할게."

뚜뚜뚜뚜. 순간 멍~ 했고 거실은 온통 피바다가 되고 있는데 난 그 와중에도 다른 걱정을 했다.

'엄마한테 전화를 해야 하나? 안 돼. 늙은 엄마는 고혈압인데 내 전화를 받았다간 쓰러질지도 몰라.'

그다음으로 떠오른 사람은 10분 거리에 살고 있는 시어머니였다.

'어머니한테 전화할까? 아니야, 안 돼. 어머니는 어린 외손주를 둘이나 보고 있는데 여기 올 상황이 아니지.'

지금 생각해보면 죽음을 코앞에 둔 주제에 오지랖도 오지랖도 그런 오지랖도 없지 싶지만 그게 나였다. 어쨌든, 그다음 떠오른 인물은 한 달에 최소 한두 번은 나와 술자리를 갖는 시누이였다.

"아가씨…. 나 지금 집인데 하혈을 하고 있어요. 엄청 심하게…."

"오빠랑 연락했어요?"

"그게…. 전화를 했는데 회의 중이라고 끊어버리네요."

"그럼 119는 불렀어요?"

"아… 119가 있었지…."

"언니! 미쳤어요? 빨리 119부터 부르세요. 그리고 ○○병원으로 데려다주라고 하세요. 내가 지금 바로 사무실에서 병원으로 출발할게요."

다급해하는 시누이와 달리 내 정신은 점점 흐려지고 몸은 눈에 띄게 굼떠지고 있었다. 겨우 119에 전화를 하고 10분이나 지났을까. 나의 몸은 붕~ 떠오르기 시작했다. 마치 폭신한 구름 위를 걸으면 그런 기분이 아닐까 싶을 정도로 의

외로 죽음에 다다른 기분은 불쾌하지도 괴롭지도 않았다. 마침내 눈앞에 보이던 익숙한 물건들이 빠른 속도로 흐려지기 시작했다. 그 순간, 딱 한 사람, 유치원에 가있는 다섯 살 딸아이가 떠올랐다.

'이제 우리 딸, 어쩌지, 어쩌지…'

거기에서 내 기억은 끊어졌다.

몇 시간이 지났는지 며칠이 지났는지 모르지만 내가 눈을 떴을 땐, 중환자실 침대 위였다. 생과 사의 접점 지대에서 전쟁을 치르고 있는 환자들과 간호사들이 보였고, 흰 가운을 입은 의사들이 수시로 뛰어다니며 질러대는 소리가 내 귀에 고스란히 들렸다. 그제야 난 안도의 한숨을 쉬었다.

'살아났구나…'

내 몸 곳곳에 주렁주렁 달린 피주머니와 약주머니, 그리고 꼼지락거려지는 손가락, 발가락을 느끼며 그제야 내가 죽음의 문턱에서 다시 돌아왔음을 깨달았다. 그 순간, 내 머릿속에 떠오른 첫 번째이자 유일한 생각이 무엇이었는지 아는가!

'다시는 이렇게 내 몸을 망치며 살진 않겠어!'

곧바로 난 몇 가지 규칙을 머릿속에 정하기 시작했다.

첫째, 청소는 매일 하지 않겠다. 쓰는 건 이틀에 한 번, 닦는 건 더럽더라도 일주일에 한 번만 하겠다. (쓰러지기 전까지만 해도 난 출근 전, 출근 후, 하루에 두 번 청소를 했다. 재래시장에 흰 걸레를 사러 갔을 때 주인 아주머니는 요즘 젊은 애 엄마가 흰 걸레를 쓰는 사람이 어디 있냐며 혀를 내둘렀다. 난 그때까지도 걸레는 무조건 흰색이어야 했고 삶아서 사용을 하는 게 당연하다고 생각했었다.)

둘째, 주중엔 반찬을 무조건 사 먹고, 주말에만 반찬을 만들어 먹겠다. (쓰러지기 전까지만 해도 난 전기밥솥 대신 그때그때 밥을 해야 하는 솥단지 압력솥을 사용했으며 회식을 마치고 12시에 귀가하는 한이 있어도 집에 와선 매일 한두 가지라도 다음 날 먹을 신선한 반찬을 만들었었다.)

이 글을 읽는 많은 이들이 왜 저렇게 살았대~? 하고 비웃을지 모르지만 난 그렇게 살고 있었다. 그렇다고 남편이 청소는 매일 했으면 좋겠고, 걸레는 흰 걸레를 삶아 썼으면 좋겠으며, 매일매일 신선한 반찬과 밥을 차려달라고 한 적은 단 한 번도 없었다.

그냥 내 스타일이었고 내가 그렇게 해야 된다고 생각하며 살았던 거였다. 누가 하라고 한 적도 없는데 스스로를 그렇게 볶아 세우며 집안일을 하고 방송 일은 방송 일대로 단 한 차례도 쉬지 않고 하며 살았으니 몸이 남아날 일이 아니었다.

병원에서 퇴원을 한 이후, 난 두 가지 규칙을 10년이 지난 지금도 너무도 잘 지키며 살고 있다. 그사이 집은 지저분

해졌고, 냉장고엔 먹을 게 없어 휑~한 기운이 감도는 날이 많아졌지만 그만큼 난 여유가 생겼고, 스트레스를 덜 받게 됐다.

그 사이에 중학생이 된 딸은 "엄마, 먹을 게 너무 없는 거 아니에요?" 하고 가끔은 투정을 부리지만, '배고프면 김치 하나에라도 먹겠지 뭐' 하면서 똥배짱을 부리게도 되었다.

죽음은 결코 남의 얘기가 아니며 생각보다 느닷없이 누구에게나 닥쳐올 수 있다. 그러하기에 어느 날 갑자기 날 찾아올 죽음 앞에 후회를 남기지 않으려면 나를 위한 삶에 충실해야 한다.

조금은 이기적이라는 핀잔을 들을지라도 세상에 온전히 나의 것은 내 삶뿐이며, 나를 위할 사람은 나 자신뿐이니 그 정도 핀잔! 그 정도 눈치! 무시해버려도 괜!찮!다!

아플 땐 아프다고 말하는 게 답이다

;

난 아픔을 말하는 데 익숙하지 않은 사람이다. 언니 오빠들 신경 쓰기도 바쁜 부모님에게 늦둥이 막내로 태어난 나는 늘 관심 밖이었다. 우리 속담에 우는 애 젖 준다는데 나는 울지 않았다. 어린 나이였지만 그건 치사한 짓 같았다. 공부도 생활도 내가 알아서 결정하고 행동했다. 원칙은 하나였다. 다 늙은 부모님, 최소한 걱정하게 하지는 말자였으니 일종의 효녀 코스프레도 한몫했던 것 같다.

결혼도 그렇게 했다. 5년간의 연애를 했고, 내 나이 서른이 되던 해, 부모님께 결혼할 남자가 있음을 말씀드렸다. 늘 그래왔듯 부모님은 우리 막둥이가 알아서 잘 결정했겠지 하셨다.

딸아이가 태어났을 때만 해도 별 문제는 없었다. 남편은 안정적인 월급쟁이 피디로 일을 했고, 나 역시 작가로 일을 하고 있었기 때문에 경제적으로 어려운 부분이 전혀 없었다. 양가 부모님한테 받은 거 없이 시작한 신혼이었지만 둘이 같이 버니 돈도 조금씩 모이기 시작했다. 이 상태로만 가면 전세 자금을 받아서 시작한 친구들 따라잡는 건, 식은 죽 먹기라는 오만도 부렸었다.

불행은 딸아이 돌 반 때 시작됐다. 나의 반대를 무릅쓰고 남편은 외주 제작사를 차렸다. 처음 1년은 괜찮았다. 나에게 가져다주는 돈은 없었지만 이익을 남겨서 사무실도 넓히고 장비도 사는 걸 보면서 이제 곧 월급도 갖다주겠지 했다. 그런데 세상 사는 건 늘 내 계산과는 따로 노는 법인지 그 후로도 난 지금까지 제대로 된 남편의 월급을 받아보질 못하고 있다.

그렇다고 남편이 노는 건 아니다. 죽어라 일을 하는데 남기질 못했다. 받은 돈보다 더 써서 제작을 해주거나 중간에 협찬이 어그러지면서 자신이 제작비를 메워야 하는 일이 비일비재 발생했다. 더러 일이 잘될 때가 있어도 안될 때를 대비해야 했기 때문에 집에 돈을 가져올 순 없었다.

그런 시간이 계속 이어졌건만 난 징징대지 못했다. 아니, 안 했다. 마누라 덕에 놀고먹겠다고 작정한 사람도 아니고 가장 노릇 제대로 하고 싶어서 열심히 뛰어다니는 남편이 성과를 못 낸다고 징징댄다는 건, 어렸을 때 내 생각처럼 좀 치사한 일 같았다.

딸이 커가면서 교육비도 점점 더 들어가고 매년 미친 듯이 올라가는 전셋값도 채워야 하니 내가 일을 늘리는 수밖에 없었다. 어쨌거나 프리랜서인 작가란 직업은 일을 관두면 바로 백수지만 일을 많이 하면 할수록 수입은 늘어나는 법이니까.

낮밤을 가리지 않고 일을 했다. 내 솔직한 마음 같아선 월급을 못 갖다줄 바엔 사업을 접고 집안일이나 육아를 전담해줬으면 싶었지만 그 말도 목구멍에서만 아우성쳤지 입 밖으로 하지 못했다. 상황이 악화될수록 남편은 오히려 더 밖에 머무는 시간이 많아졌다. 어떻게든 일을 만들어서 제대로 된 월급을 안겨주고 싶었던 마음이었으리라.

그 무렵 난 긴 고민 끝에 둘째를 임신했다. 남편이 자리를 잡기 전까지 둘째는 없다고 내 나름 독하게 마음을 먹었지만 혼자는 안 된다며 둘째를 강력하게 원하는 남편의 마음을 차마 외면할 수가 없었다. 하지만 이미 내 몸은 지칠 대로 지친 상태였었고, 결국 둘째는 자연 유산이 되고 말았다. 문제는 그 이후에라도 쉬었어야 했는데 그러질 못했다. 나는 우리 집의 가장이었으니까…. 결국 내 몸은 최악으로 치달았고 죽음 직전에 살아나는 경험까지를 해야만 했다.

아픔은 말하는 것 자체로 치유의 시작이다. 이건 내 얘기가 아니라 심리 전문가들의 얘기다. 몇 년 전, 〈아침마당〉에서 가족문제상담 프로그램을 한 적이 있다. 어찌 보면 자신의 치부일 수도 있고 숨기고 싶은 가정사일 수도 있어서 사연이 많이 들어올까 싶었는데, 예상 밖으로 신청이 쇄도했다. 나를 만났던 그 많은 신청자들의 공통점이 있다. 담당 작가인 나를 만나 얘기를 시작할 때 모습과 얘기를 끝내고 돌아갈 때 모습이 현격한 차이를 보인다는 것이다. 내가 한 일이라곤 그분들의 아픔을 공감하며 들어드린 일밖에 없는데도 그분들은 나에게 아픔을 털어놓는 것만으로 상당 부분 발걸음이 가벼워져 돌아갔다.

불현듯 중환자실에서 눈을 떴던 미련했던 나의 모습이 떠올랐다. 아픔은 묵혀둔다고 땅처럼 돈이 되는 게 아니다. 숨겨봤자 병만 된다. 심지어 가족도 내 몸이 아플 땐 남이다. 아프면 아프다고 말하라. 그것도 아주 구체적이고 지속적으로.

죽을 고비를 넘긴 그 후로도 난 꽤 여러 해 벙어리 냉가슴 앓는 시간을 보내야 했다. 몸과 마음이 병들어 가는 걸 뻔히 느끼면서도 징징거리지 못했다. 그러다 2년 전인가. 인내의 한계에 다다른 난 폭발하기 시작했다. 그때부터 남편에게 간간히 소리도 질렀고, 울기도 했다. 나 너무 힘들다고. 도와달라고. 처음 내가 소리를 지르고 울고 했을 땐 '평소 아무말도 없던 여자가 갑자기 왜 저래?' 하던 얼굴이더니 요즘엔 재활용 쓰레기 처리에 청소기도 돌리고, 설거지도 해놓는다. 가끔이긴 하지만 밥도 알아서 해놓을 땐 감동이 두 배다.

아플 땐 아프다고 말하는 게 답이다. 그래야 아픔도 덜어진다.

남 작가의 1종 대형 면허 도전기

보통 한 가지 영역에서 10년 이상 일을 한 사람에게 '프로'라는 타이틀을 붙인다. 나도 방송작가로 21년을 살았으니 프프로는 될 거라고 자부할 수 있겠다. 하지만 더 중요한 것은 그 시간이 어떻게 채워져 있냐에 있다. 시작한 때부터 그저 시간만 10년이 흐르고 20년이 흐른 건지, 아니면 10년, 20년의 시간을 정말 그 경력만으로 꼼꼼히 채웠는지 하는 것 말이다.

난 21년 중, 정확히 6개월을 빼곤 지상파 3사의 주요 교양 프로그램에서 일했다. 일을 하지 못한 6개월 중, 5개월은 딸아이 출산 때문에 어쩔 수 없이 쉰 시간이었고, 나머지 한 달은 하혈로 쓰러져 어쩔 수 없이 병원에 있어야 했던 시간이었다.

내가 왜 이 얘기를 하느냐?

방송작가는 지상파, 케이블, 종편을 통틀어 모두 '프리랜서'다. 간혹 "〈아침마당〉 작가, 남희령입니다" 하면 내가 KBS 직원인 줄 알고 고릿적 사장님부터 국장님, 팀장님 안부를 물어보는 사람들이 종종 있다. "우리 먼 친척인데…" 하면서 말이다. 하지만 아쉽게도 난 그분들을 모른다. 오로

휴먼 프로그램 작가로 살아간다는 것

지 내가 집필하고 있는 프로그램을 나와 같은 시기에 했던 피디들과 출연자들의 안부만 알 뿐이다.

내가 이 얘기를 하는 이유는 '프리랜서'라는 직업이 얼마나 살아남기 힘든 직업인가를 말하기 위해서다. 영어로는 뭐 있어 뵌다. 하지만 매정하게 말하면 '비정규직 노동자'일 뿐이다. 지금은 세상이 좋아져서 "○○작가! 이번 주까지만 방송하고 관두세요" 하면 난리가 난다. 잘리는 정확한 이유도 소명이 되어야 하며, 적어도 잘리기 한 달 전에는 미리 통보도 해야 하고, 최근엔 방송작가 계약서도 생겼다.

하지만 내가 방송 일을 시작한 21년 전에는 작가 자르기가 두부 자르기보다도 쉬웠던 시절이었다. 봄, 가을 개편 철을 맞아 피디가 바뀌면 작가 바뀌는 건 당연한 거였고, 개편 철이 아니라고 해도 피디 마음에 안 들면 상시적으로 잘릴 수 있던 시절이었다. 그야말로 '묻지도 따지지도 않고' 해고를 당하던 시절이었단 말이다.

방송작가의 세계가 이리 험한 것에는 몇 가지 이유가 있다. 일단, 공개적인 채용 시스템이 없다는 것이다. 회사에 소속된 피디들이야 공개채용 시험을 통해서 방송사의 직원으로 들어오지만 방송작가란 직업은 프리랜서이기 때문에 전공과 상관없이, 시험 성적과 상관없이 누구나 시작할 수 있다. 내가 일을 시작할 때는 지상파 3사의 방송 아카데미라는 걸 수료한 이들에 한해서 막내 작가 자리가 주어지는 경우가 99%였지만 요즘은 인터넷상에 구직광고를 바로바로 올리기 때문에 방송작가의 입문 자리인 막내 작가나 스크립터 자리는 인터넷을 할 수 있고 방송작가에 관심이 있는 사람이라면 누구나 이력서를 내고 면접을 볼 수 있다.

하지만 여기에 맹점이 있다. 쉽게 시작할 수 있다는 얘기는 쉽게 잘릴 수 있다는 얘기고, 그만큼 최종까지 살아남기 어렵다는 얘기다. 시작은 쉽게 할 수 있지만 1년이 지나고 2년이 지나고 3년이 지나다 보면 아주 급격한 피라미드 구조로 생존자는 얼마 없게 된다. 우리에게 입사 시험은 없지만 방송이 나가는 매일, 매주, 매달마다 시청률이라는 성적표를 받기 때문이다. 더군다나 방송작가의 역할도 과거와는 너무 많이 달라져서 글만 잘 쓰면 되는 것이 아니고, 트렌드도 잘 읽어야 하고, 아이템도 잘 내야 하고, 취재도 잘해야 하며, 섭외도 잘해야 한다. 야외촬영 나가기 전에 필요한 촬영 구성안이라는 것도 잘 써야 하고, 촬영해 온 테이프도 하나하나 보면서 촬영된 그림을 줄줄 외울 수 있어야 하고, 그걸 토대로 편집에 기초가 되는 편집 구성안이라는 것도 잘 쓸 수 있어야 한다.

최근엔 편집도 작가가 붙어서 하며, 적어도 1차 가편집 때는 붙지 않더라도 최종 편집은 같이 앉아서 하고 편집이 완성된 후에는 더빙 원고도 써야 한다. 프로그램의 시작부터 끝까지 방송작가가 관여를 해야 하기 때문에 그만큼 멀티 능력이 요구되고 있다. 멀티 능력이 요구되는 세상에 멀티가 되지 않으면 도태되는 건 비참하지만 숙명이 아니던가. 그러니 그런 생 야생 바닥에서 21년을 멈추지 않고 일했다고 한다면 얼마나 독하게 일했을지 대충은 짐작하시리라 믿겠다.

정확히 방송작가란 직업으로 10년을 살아오던 날, 우연히 나에게 주어진 병원에서의 휴식은 참 많은 생각을 하게 했다. 병실에 있는 어머니들이 쓰러지기 전까지 내가 집필했던 프로그램을 틀어놓고 재미있다고 보고 계시는데 뿌듯한 게 아니라 '미쳤지~ 내가 저걸 어떻게 매주 했을까' 이런 생각이 들면서 언제까지 이 정글의 세계에서 버티고 살아야 하나 가슴이 옥죄어 오기도 했었다.

하지만 배운 게 도둑질이라고 병원을 나와서 또다시 10년을 방송작가로 살고 있다. 오히려 10년 전보다 더 치열하고 빡세게. 하지만 경력이 쌓이면 쌓일수록 이 직업에 안도감이 드는 게 아니라 이제는 나이 많은 퇴물 작가가 되어가고 있다는 생각과 함께 언젠가 더 이상 이 일을 할 수 없게 되었을 때 난 뭘 해먹고 살아야 하나라는 불안감은 더하면 더했지 줄지 않고 있다.

지난해 늦여름도 나에겐 그런 불안감이 있었다. 사십대 중반은 그런 나이다. 자식은 커가고 돈 쓸 일은 많아지는데 부모인 나의 체력과 능력은 점점 줄어드는 느낌이랄까. 뭐라도 배워야지 하면서도 배우려면 또 돈이 들고, 시간이 드니 프로그램에서 손을 놓을 수도 없는 노릇이었다. 그러다 생각난 게 바로 1종 대형 면허를 따야겠다는 생각이었다.

왜 하필 1종 대형 면허냐고? 내가 잘하는 게 운전 빼고는 별로 없었기 때문이다. 작가 일 빼고 제일 잘하는 게 운전이니까 혹시 그거라도 따놓으면 써먹을 수 있지 않을까 하며 운전면허 학원을 나간 첫날. 담당 강사를 배정받고 연습용 버스를 향해 걸어가는데 앞서 걷던 수강생과 강사가 나눈 대화다.

"참 웃긴 여자들 많아요. 1종 보통도 아니고 면허라곤 꼴랑 2종 보통밖에 없으면서 1종 대형을 따겠다고 오더라고요."

"하하하, 뭘 몰라서 그렇겠죠."

"저기요. 잠깐만요. 저 2종 보통밖에 없는데, 1종 대형이 그렇게 어렵나요?"

갑작스런 나의 질문에 당황한 그 강사는 말을 얼버무렸다. 아니라고. 열심히 하면 될 거라고.

하지만 그 말이 뭘 의미하는지 난 첫날, 첫 시간에 바로

휴먼 프로그램 작가로 살아간다는 것

깨우쳤다. 1종 대형 면허가 내 신체 조건으론 무리라는 걸. 키 157cm! 좋게 얘기하면 아담하고 나쁘게 말하면 크다 만 키. 더군다나 결정적으로 난 팔과 다리가 짧았다. 강사는 국수 가락을 뽑는 거냐며 핸들을 한 손으로 쭉쭉 돌리라고 했지만 내 팔은 한 손으로 핸들을 돌리기엔 무리였으므로 좌회전 우회전을 할 때마다 두 손을 이용해 국수 가락을 뽑아야 했고, 특 대형 점보 쿠션을 어렵게 구해 등 뒤에 받쳤음에도 불구하고 클러치를 힘 있게 누르는 데 내 다리 길이는 역부족이었다. 아무리 젖 먹던 힘까지 다해서 클러치를 밟아도 주책없이 새어 나오는 방귀처럼 버스는 멈추지 않고 슬슬슬 움직였다. 정확히 멈추질 못하니 이리 가도 선을 밟고 저리 가도 선을 밟았다.

어디 그것뿐인가. 클러치를 밟기 위해서 의자를 핸들 가장 가까이 당기고 나니 이번엔 가슴이 핸들에 닿아서 국수 가락 뽑는 것도 제대로 안 됐다. 한 코스만 돌아도 땀은 비 오듯 흘렀으며 연습 첫날 이후부터는 내 팔과 다리는 에베레스트 등산을 한 것처럼 쑤시고 아팠다.

당연히 1차 시험은 탈락이었다. 심지어 첫 번째 관문인 이중 주차에서 바로 헤매기 시작했다. 엎친 데 덮친 격이라고, 연습은 오전에만 가서 했는데 정작 시험은 오후에 보게 되면서 해의 위치가 바뀌니 바닥에 그려진 선이 제대로 보이질 않았다. 순간 멘붕! 나는 너무 부끄러운 나머지 남은 코스는 아예 돌 자신을 잃은 채 그대로 버스에서 내렸던 아픈 기억이 있다. 시험에 떨어지고 학원 문을 나서며 '내가 미쳤지~'를 또 한 번 외쳤다. 지금까지 든 돈이고 뭐고 대형 버스는 다시 쳐다보고 싶지도 않았다. 그런데 3일쯤 지나니까 슬금슬금 자존심이 상했다. '한 번만 더 도전해보자' 하고 다시 면허학원에 간 날. 결코 다시 볼 일 없을 것 같은 수강생을 만난 듯한 나를 가르쳤던 강사의 반응이 날 더 비참하게 만들었다.

"어머, 다시 하시게요?"

"네. 한 번만 더 해보려고요."

"연습을 더 많이 하셔야 할 것 같은데…."

그러거나 말거나 연습을 더 많이 하면 투자된 비용이 아까워 떨어졌을 때 미련만 더 생기지 싶어서 딱 한 시간만 더 연습을 하고 바로 도전에 나섰다.

"7번, 남희령 씨! 3번 버스 탑승해주세요."

운전석으로 가는 나를 뒤로한 채, 연습 때 내가 운전하는 걸 지켜본 10여 명의 수험생들이 하는 말.

"어머, 어떡해~ 저 여자 떨어질 거 같은데…."

푸하하하. 일단 웃고 보겠다.

왜? 난 붙었으니까. 정확히 말하면 1차 도전 때는 첫 번째 코스에서 내가 포기를 했던 것이니까 완주를 한 걸로 치면 첫 번째 도전 만에 95점으로 붙은 셈이다. 불과 1시간 전에 불안하게 연습을 하던 내 모습으로 봐서 그건 기적이었다. 오죽하면 걱정스러운 눈빛으로 날 주시하던 강사는 아무래도 그 특 대형 점보 쿠션의 영향인 거 같으니 쿠션을 기증하고 가라는 농담도 건넸다.

운전면허증 좌 상단에 2종 보통과 1종 대형이 같이 적혀 있는 내 면허증을 본 피디들과 작가들은 가끔 날 놀리기도 한다. 그걸 왜 땄냐고. 지금 생각해도 내가 참 별스런 도전을 했다 싶지만, 그거 아는가. 남들이 볼 때는 지금 당장 필요한 일도 아닌데 헛일한 거 같겠지만 내심 이 일을 관뒀을 때, 난 할 수 있는 일이 하나는 있다 하는 일종의 보험 같은 걸 들어놓은 기분을 말이다.

난 1종 대형 면허를 따면 버스만 몰 수 있는 줄 알았는데 나중에 보니 구급차도 몰 수 있고, 심지어 덤프트럭도 몰 수 있다. 물론 그런 걸 몰기 위해선 그 분야에서 몇 년씩 경력을 쌓아야 하지만 일단 기본 자격이 주어졌으니 내가 할 수 있는 일이 적어도 한 가지는 더 늘어난 것 아니겠는가.

그리고 또 하나! 버스 운전이 결코 쉽지 않다는 걸 내가 해보고서 알게 되었다. 그날 이후, 난 여성 버스 기사님들을 보면 존경스런 눈빛을 보내게 되었으며 때론 감사 인사도 건네게도 되었다. 아무 일도 하지 않으면 아무 일도 일어나지 않는다는 누군가의 말처럼 뭐라도 하면 분명 쓰임이 있게 마련이다. 혹시 아는가! '버스 기사가 된 남 작가'라는 책이 나올지도….

뚱딴지같은 나의 도전에서 난 그렇게 또 하나를 배웠다.

결핍 있는 인생이
아름답다

휴먼 프로그램 주인공들의 공통점

;

　　방송작가인 나에게 사람들이 가장 많이 하는 질문은 뭘까?

　'어떻게 하면 방송의 주인공이 되나요?' 내지는 '어떻게 하면 〈아침마당〉에 나갈 수 있나요?'다. 보통 이런 질문을 나에게 던지는 사람들은 진짜 어떤 사람이 방송의 주인공이 되는지, 어떤 사람이 〈아침마당〉의 주인공이 되는지 궁금해서 묻는 게 아니다. 그런 질문을 던지는 이면에는 '나 정도면 나갈 수 있을 것 같은데…' 하는 아쉬움과 섭섭함이 숨어있는 경우가 대부분이다. 그도 그럴 것이 사람들이 흔히 하는 말 중에 이런 말이 있다.

　"내 인생은 소설로 써도 대하소설이지."

　맞다. 사람의 인생은 모두 대하소설이다. 하지만 중요한 건, 그 소설이 재미있느냐 없느냐에 있는 것 아닐까. 여기서 재미란 볼 가치, 들을 가치가 있는 것을 의미한다. 실제로 각 프로그램별로 홈페이지에 아이템 제보란이 있지만 실상 제보로 올라온 아이템이 자주 방송을 못 타는 이유가 바로 여기에 있다. 본인이 생각하는 재미와 다른 사람들이 원하는 재미가 정작 다르다는 것.

그렇다면 어떤 사람이 휴먼 프로그램의 주인공이 될까? 물론 포맷별로 조금씩 다르기는 하지만 내가 현재 집필 중인 〈아침마당〉 '화요초대석'의 경우는 한마디로 말해서 '결핍을 극복하고 뭔가를 일궈낸 사람들'이다. 여기서 제일 중요한 두 단어는 '결핍'과 '극복'이다. 좋은 부모 밑에 태어나 좋은 교육을 받고 일류 대학을 나와 남들이 부러워할 만한 일을 하는 사람들은 그다지 매력적인 인생이 아니다. 우리가 눈여겨보는 인생은 보통 사람 같으면 좌절할 상황이거나 보통 사람 같으면 시도도 안 해봤을 상황에서 좌절하지 않고 도전을 멈추지 않음으로써 일정 정도의 위치에 올라간 사람들이다. 생각해보라. 부잣집에서 태어나 개인 과외까지 받아가며 일류대를 나와서 고액을 버는 사람의 인생이 궁금한지, 소위 말하는 흙수저로 태어나 정규 학교도 제대로 나오지 못했는데 길거리 노점부터 시작해 사업가로 성공한 사람의 인생이 궁금한지.

결핍이 많다는 건, 한계가 많았다는 것이고 그 한계에 부딪힐 때마다 수없이 많은 눈물을 흘렸다는 것이고 그 눈물에 빠져 허우적대지 않고 다시 뛰어올랐다는 것이다. 그 인생 속에 처절한 노력이 날줄과 씨줄처럼 촘촘히 들어가 박혀있다는 것이다. 거기에 바로 감동 포인트가 있다. 그러니 지금 이 책을 보는 당신이 결핍이 많은 인생이라고 생각된다면 기뻐해도 좋다. 당신은 유명 프로그램의 주인공이 될 결정적 조건을 이미 갖추고 있는 셈이니까.

　메인 작가로 일하다 보면 서브 작가나 막내 작가를 뽑아야 할 때가 자주 있다. 메인 급이야 집필했던 프로그램을 보면 대충 견적이 나오니까 상관없는데 스크립터 급의 막내 작가를 뽑을 때는 판단할 근거가 참 없다. 그럴 때 나는 〈아침마당〉 주인공을 뽑는 기준을 적용한다. 물론 막내 작가들 나이가 대학을 졸업하고 오는 나이라서 '성공'이란 키워드를 적용할 순 없지만 '결핍'이란 키워드는 꼭 고수하는 편이다. 그런 친구들은 일하는 게 다르다. 한마디로 '헝그리 정신'이 있다. 하지만 나의 그런 선발 기준을 모르는 친구들은 마치 호구조사를 하는 것 같은 나의 질문에 당황하는 경우가 많다. 어쩌면 그들에게도 결핍은 숨기고 싶은 아픈 손가락이었을 수 있으니까.

　그러나 내 생각은 다르다. 결핍은 오히려 본인을 다른 사람과 차별화할 수 있는 중요한 변별력이 된다. 그리고 그걸 극복하기 위해 노력했던 부분을 엮으면 자신만의 '히스토리'가 된다. 우리가 노래 한 곡을 들을 때도 그 곡에 담긴 사연을 알고 들었을 때와 모르고 들었을 때 느끼는 감동이 다르지 않은가. 히스토리는 바로 그런 힘이다. 특별해 보이지 않던 무언가를, 특별하게 보이지 않던 누군가를 특별한 존재로 느껴지게 하는 힘. 그러니 결핍 많은 인생을 더 이상 부끄러워하지 말자.

얼마 전, 박준의 시집을 읽다가 너무 좋은 시를 발견했다.

철봉에 오래 매달리는 일은
이제 자랑이 되지 않는다.

폐가 아픈 일도
이제 자랑이 되지 않는다.

눈이 작은 일도
눈물이 많은 일도
자랑이 되지 않는다.

하지만 작은 눈에서
그 많은 눈물을 흘렸던
당신의 슬픔은 아직 자랑이 될 수 있다.

—박준 〈슬픔은 자랑이 될 수 있다〉 중에서

결핍 있는 인생이 아름답다

당신이 예뻐 보이는 진짜 이유

거울을 볼 때마다 하는 생각이 있다.

'쌍꺼풀만 좀 있었어도.'

어렸을 때부터 난 쌍꺼풀 있는 눈이 그렇게 부러웠었다. 샤프펜슬 끝에 풀을 찍어 그려도 보고 투명 테이프를 동그랗게 잘라 붙여도 봤지만 허옇게 풀 자국만 남고 뾰족하게 잘린 테이프 끝이 눈을 찔러 눈물만 질질 났지 전혀 효과라곤 없는 외까풀이 내 눈이니까.

학교를 졸업하고 돈을 벌면서 쌍꺼풀 수술에 대한 나의 유혹은 점점 더 커져갔다. 학교 다닐 때는 돈이 없어 성형수술을 못 했지만 돈을 벌고 나니 마음만 먹으면 쌍꺼풀 수술 정도는 유도 아니었다. 그럼에도 불구하고 사십대 중반이 된 나는 여전히 외까풀로 살고 있다.

모 케이블 방송에서 성형 프로그램이 처음 생겼을 때 시청자들의 반응은 폭발적이었다. 주인공으로 뽑히면 성형에 필요한 거액의 비용을 아낄 수 있다는 점과 성형에 관한 직접적인 정보를 얻을 수 있다는 점 때문이었다. 성형외과 입장에서도 좋기는 마찬가지였다. 의료법상 방송 광고를 할 수 없는 성형외과로서는 이보다 더 좋은 홍보 기회는 없

었다.

　피디인 남편이 성형 프로그램을 연출하게 되면
서 나도 함께 담당 작가로 참여
를 하게 되었다.

성형 프로그램 주인공 경쟁률은 보통 수십 대 일. 신청자들의 사연을 받아 1차 서류심사를 하고 2차로 공개 오디션을 봤다. 오디션 자체가 한 회의 방송분을 차지하기도 하지만 스태프 입장에서는 공익적 사연을 뽑아야 하고 의료진 입장에서는 소위 말하는 아웃풋이 좋은 얼굴을 뽑아야 하기 때문에 소홀히 할 수 없는 중요한 과정이다.

그들의 사연은 그야말로 구구절절 안타까움 일색이다. 강하게 생긴 얼굴 때문에 취업이 안 된다는 사연부터 사각 턱이 너무 심해 평생 긴 머리로 가리고 다닌다는 사연, 못생긴 얼굴 때문에 자존감이 바닥이 나 대인기피증까지 생겼다는 사연까지…. 눈물 없인 들을 수 없는 사연이 참 많았다. 최종 주인공으로 선발이 되면 로또가 따로 없다.

방송으로 봤을 때 드라마틱한 변화를 보여줘야 하기 때문에 성형수술 부위는 전방위적으로 이루어진다. 당연히 수술 후, 그들의 변화는 신데렐라의 호박 마차 수준이다. 과연 저 사람이 예전의 그 사람이 맞나 싶을 정도로 달라진다. 그들은 크게 달라진 자신의 모습에 기뻐하며 감동의 눈물을 흘린다. 수술 전과는 확실히 다른 삶을 살 수 있다는 기대에 한껏 들떠있는 것이다.

그로부터 몇 년 후, 대학원에 다니던 남편은 논문을 준비하면서 성형 프로그램에 출연했던 주인공들의 수술 이후의 삶에 대해서 후속 취재를 하게 되었다. 얼굴 때문에 되는 게 없다고 생각했던 사람들이니만큼 수술 후엔 그들의 삶도 확실히 달라져 있을 거라고 우린 예상했다. 하지만 결과는 충격적이었다. 실제로 드라마틱하게 달라진 얼굴만큼 드라마틱한 삶의 변화를 경험한 사람은 거의 없었다.

수술 후, 몇 달간은 주변의 뜨거운 반응에 기분 좋은 나날을 보냈다고 한다. 하지만 예상과 다르게 얼굴이 예뻐졌다고 안 되던 취업이 된 것도 아니고 대인기피증이 사라진 것도 아니었다. 여전히 그들은 의기소침했던 수술 전 상황처럼 비슷하게 생활하고 있었다. 그 이유는 무엇이었을까. 우리는 오디션 촬영본을 다시 살펴보기 시작했다. 그 속에 답이 있었다.

참가자들은 하나같이 얼굴 때문에 되는 일이 없다고 했지만 실제로 그 정도로 심각한 얼굴은 많지 않았다. 찢어진 눈 때문에 인상이 사나워 번번이 면접에서 떨어진다고 하는 사례자는 오디션 내내 웃는 모습을 볼 수 없었다. 심지어 카메라가 돌지 않는 상황에서도. 찢어진 눈 때문에 인상이 사나워 보이는 게 아니라 웃지 않는 표정 때문에 인상이 사나워 보였던 거였다. 사각턱이 너무 심해 긴 머리로 평생양 턱을 가리고 살았다는 사례자는 오히려 치렁치렁 긴 머리가 얼굴을 덮고 있어서 시선이 얼굴로 더 쏠렸다. 더군다나 머리카락에 신경을 쓰느라 어깨는 앞쪽으로 구부정하게 휘어있었다. 그 모습을 보는 순간, 저 사람은 자신감이 꽤나 없나 보다라는 생각이 단박에 들 정도였다.

수술을 통해 찢어진 눈에 쌍꺼풀을 만들고 앞트임 뒤트임을 넣어 시원하게 만든 후, 눈꼬리를 내려주었지만 여전히 그녀는 무표정한 얼굴로 지내고 있었다. 사각턱을 깎아 머리카락으로 가릴 필요가 없어졌는데도 구부정하게 휜 어깨며 자신감 없어 보이는 걸음걸이는 여전했다. 못생긴 얼굴 때문에 취업이 안 된다는 이들도 얼굴만 예뻐졌지 취업에 필요한 조건을 쌓기 위한 노력은 정작 게을리하다 보니 얼굴이 예뻐 취업이 되었다가도 몇 달 못 가 퇴사하기 일쑤였다.

"왜 원하는 대로 얼굴이 바뀌었는데도 삶은 달라지지 않았을까요?"라고 물어보면 그들의 대답은 비슷했다. 자기도 그 이유를 모르겠다는 거였다. 그러면서 또 어딜 고쳐야 하는 건지 갈등이라고 했다.

사람을 만났을 때, 얼굴은 중요하다. 첫인상을 결정짓기 때문이다. 그런데 그 첫인상이란 건 얼굴 생김뿐이 아니다. 그 사람의 태도, 그 사람의 자세, 그 사람이 말하는 스타일, 그 사람의 표정까지 전체가 어우러져서 첫인상을 결정한다. 만약, 얼굴 생김이 다른 사람보다 처진다고 생각된다면 그 외의 부분을 끌어올리면 된다. 온화한 미소, 부드러운 말투, 당당한 걸음걸이 그런 것들 말이다. 아, 또 있다. 패션도 크게 한몫할 수 있는 요소가 된다.

실제로 얼굴은 그다지 예쁘거나 잘생기지 않았어도 늘 웃는다거나 말을 재미있게 한다거나 자신감이 있어 보이는 사람은 오히려 더 매력적으로 느껴진다. 특별히 선남, 선녀가 아닌데도 당당한 사람을 보면 그 사람의 당당함에 끌리거나 그 사람이 궁금해지는 것이다. 출연자들을 인터뷰하다 보면 얼굴은 참 예쁜데 그 사람이 하는 말투나 표정이 그에 상응하지 못하는 경우가 참 많다. 그러면 예쁜 얼굴이 전혀 예쁘게 느껴지지 않는다.

단언컨대 그녀가 예뻐 보이는 이유, 그 남자가 멋있어 보이는 이유는 얼굴 이전에 내면에 있다. 내면을 채우지 않는 아름다움은 결코 진짜가 아니다. 가짜다.

그녀는 왜 머리를 깎고 나타났을까

．
，

     그런 날이 있다. 아침부터 꾸물꾸물 금방 뭔가 한 바탕 쏟아질 것 같은 그런 날. 내지는 이미 추적추적 뭔가가 뿌리고 있는 날. 그런 날이면 어김없이 방송국은 진상들로 곤혹을 치른다. 말도 안 되는 이유로 항의 전화도 넘쳐난다.

    심지어 이런 경우도 있었다. 술에 거나하게 취한 목소리로 전화를 해서는 자기가 지금 스포츠 중계를 보고 있는데 왜 갑자기 중계를 끊고 드라마를 내보내냐며 술맛 떨어지게 했으니 술맛을 돌려달라는 사람도 있다. 그 중계를 작가가 끊은 것도 아니고 어떻게 책임을 지란 말인가. 술친구를 해드릴 수도 없고. 그렇다고 맛난 안주를 보내드릴 수도 없고. 그럼 어김없이 나오는 얘기는 "내가 말이야 2,500원(수신료 말이다)이나 내는데 말이야 방송을 이딴 식으로 해?" 하며 난리가 난다.

    거기서 끝나면 그나마 아이고 감사합니다, 어르신이다. 그러다가 육두문자까지 뱉는 사람 숱하게 많다. 그래서 오죽하면 날씨가 흐린 날에는 막내 작가들에게 대응 매뉴얼을 알려준다. 산전수전 공중전까지 겪은 선배들은 상관없는데 한창 청운의 꿈을 안고 작가가 되겠다며 일을 시작한 어리디어린 너희 막내들은 그런 진상 전화를 몇 통씩 받고 나면 제대로 된 작가가 되기 전에 심한 모멸감으로 입에 거품을 물고 쓰러져 명을 달리할 수 있으니 각별히 주의하라고. 그리고 그런 분이 전화를 하면 평상시보다 두 옥타브 정도 내려서 아주 진지하게 말을 하라고 일러준다. "어르신, 지금 저희 사무실 전화기에 어르신 전화번호와 존함이 뜨거든요"라고 말도 안 되는 거짓말을 진짜처럼 하라고. 그러면 신기하게 열에 아홉은 곧바로 전화를 끊는다고.

그날도 날씨가 그랬었나. 벌써 5년쯤 된 일이라 기억이 가물가물하다. 하지만 역대급 진상을 만난 걸로 보아 분명 그날은 최악의 날씨였을 것이다. 삼십대 때 이혼을 하고 이제는 좋은 짝을 찾고 싶다며 날 찾아온 오십대 중반의 여자. 중년의 짝 찾기 프로그램을 할 때 가장 중요한 건 바로 서류다. 그 여자의 경우는 법적 이혼은 18년이 되었고, 본인 말로는 별거까지 따지면 혼자 산 지 20년도 더 됐단다. 외로움이 뼈에 사무쳐 집을 지을 세월이다. 나는 좋은 짝을 찾아드리고 싶었다. 진심으로.

그런데 생방송 날 아침, 방송이 시작되기 10분 전쯤 됐는데 갑자기 스튜디오에서 난리가 났다. 왜 그런지 봤더니 그 여자가 담당 피디와 언성을 높이고 있었다. 이유인즉, 자신의 네임택(출연자의 이름과 나이, 직업 등을 적은 명찰)이 잘못됐으니 방송을 들어갈 수 없단다. 아무리 봐도 이름 석 자 정확하고, 그 밑에 이혼 18년이라는 기간도 정확한데 뭐가 문제지 싶었다. 흥분하지 마시고 차분히 말씀을 해보라니 자신이 별거한 거까지 따지면 20년은 족히 됐으니 네임택을 18년에서 20년으로 수정해달라는 것이다.

황당했다. 공신력이 가장 중요한 지상파 방송에서 그것도 중년의 짝 찾기 프로그램에서 법적 서류가 말해주는 시간을 적어야 하는 건 너무나 당연한 일 아닌가. 더군다나 이혼 10년을 잘못 써서 열 배쯤 축소해 이혼 1년이라고 적은 것도 아니고 법적 이혼 18년이나 거기에 별거 2년 보태 이혼 20년이나. 생방송 시간이 10분도 채 안 남은 상황에서 네임택 수정은 불가하니 일단 방송에 들어가시면 MC가 직접 설명드리겠다며 달랬다. 하지만 막무가내였다. 이혼 18년이라는 그 표현이 자신에게 욕을 하는 느낌이라나 뭐라나. 이런!

그런데 며칠 후 점심시간, 친한 국장님으로부터 전화가 왔다.

"남 작가, 지금 본관 앞에 숏커트 머리를 한 여자가 있는데 지나가는 나이 지긋한 남자마다 붙잡고 사장이냐고 물어보면서 아침 프로그램에 나왔다가 무시를 당했다며 사장을 만나게 해달라고 난리야."

순간 떠오르는 얼굴, 바로 그 여자였다. 어허~ 그런데 이상한걸, 그 여자는 분명 긴 머리였는데…. 알고 보니 방송을 마치고 집으로 간 그녀는 분을 참지 못해 직접 가위로 머리카락을 마구잡이로 잘라버린 거였다. 이 일은 내가 방송 일을 한 20년 동안 겪은 일 중 워스트 3에 들어가는 일이다. 그 이유는 열등감을 넘어선 피해의식이 얼마나 무서운지를 보여주는 극단적인 케이스였기 때문이다. 그런 사람들은 이혼을 했다고 표현하지 않고 이혼을 당했다고 표현한다. 남들이 그냥 쳐다보는 시선도 흉보는 것이라며 분노하고 자신의 어떤 행동 때문에 언쟁이 벌어져도 이혼녀라 무시당했다고 말한다. 요즘 말로 노답이다.

중년의 두 번째 짝을 찾아주는 프로그램을 한 기간은 약 1년 반 정도다. 난 그 시간 동안 이혼한 사람들을 숱하게 만나봤다. 하지만 어느 누구도 그 여자 같은 사람은 없었다. 물론 이유야 어찌되었든 이혼을 부끄러워하는 사람들은 많았다. 아무래도 나이가 오십대 이상인 분들은 그런 사회적 분위기 속에서 자랐으니까. 나는 오히려 그런 분들을 만나면 말씀드린다. 이혼은 부끄러워할 일이 전혀 아니라고. 그리고 이혼하고서 행복하게 사시는 분들 수두룩 빽빽이 많이 봤다고. 적어도 이혼을 하고 싶어서 하는 사람은 없다. 이 말은 결혼하면서부터 '여차하면 이혼해야지' 하고 작정

하고 결혼생활을 시작하는 사람은 없다는 얘기다. 살면서 갈등도 겪고 곡절도 생기고 어떻게든 극복하고 살아보려는데 도저히 안 되니 이혼을 하게 된 것뿐이다. 그건 당한 게 아니다. 누가 원인 제공을 먼저 했건 간에 본인이 처한 상황에서 최선의 선택을 한 것뿐이다.

문제는 이혼을 한 것에 있는 게 아니라 이혼에 발목을 잡혀 사는 데 있다. 신기하게도 이혼을 한 당사자가 부끄럽다고 생각을 하면 보는 사람들도 그걸 느끼게 된다. 그리고 그걸 느끼게 된 순간, 정말 부끄러운 짓을 한 사람처럼 취급당한다는 사실이다. 과거는 훌훌 털고 일어서야 제맛이다. 그래야 다시 행복의 기회가 주어지고, 좋은 짝도 만날 수 있다.

만약, 당신 같으면 그 감정이 그리움이든, 증오든 간에 이미 인연이 다한 사람으로부터 정신적으로 헤어 나오지 못하는 사람을 두 번째 짝으로 만나고 싶겠는지 곰곰이 한번 생각해볼 일이다.

세상은 그렇게 굴러간다

:
,

2014년 겨울, 연말 특집을 준비하면서 그 남자를 만났다. 신문 한 귀퉁이에 난 작은 기사를 보고 난 후였다. 지방에서 우유 대리점을 하고 있는 남자가 1억 기부의 약정서에 사인을 했다는 내용이었다. 도대체 우유 대리점이 얼마나 잘되면 소시민이 1억이나 기부를 약속할 수 있었을까. 알고 보니 그 남자가 더 대단했던 것은 자신의 재산에서 1억을 쾌척한 게 아니라는 사실이었다. 일을 하면서 앞으로 5년간 매달 일정 정도의 기부를 함으로써 1억 원을 채우겠다고 미리 약속을 한 것이었다. 한마디로 '기부 빚'을 진 셈이었다.

막상 도착한 그 남자의 우유 대리점은 생각보다 규모가 크지 않았다. 그 작은 규모에서 어떻게 그 엄청난 일을 저지르게 된 건지, 인터뷰가 시작됐다. 그 남자의 전직은 평범한 노동자였다. 대기업 자동차 회사에서 20년 가까이 생산직 노동자로 일했던 그 남자는 2009년 느닷없는 대량 해고의 희생자가 되었다. 네 식구를 책임지던 가장에서 하루아침에 백수가 된 남자. 가족을 위해서 다시 일자리를 구해야 했지만 사십대 중반에 느닷없는 해고자가 된 그가 일할 곳을

새로 찾기란 쉽지 않았다. 어렵사리 친척의 도움을 받아 우유 대리점 일을 배우기 시작했고 그러길 3년 만에 작게나마 독립을 하게 된 것이다.

대리점을 열고 1년 동안은 자리를 잡기도 바빴으므로 누군가를 도울 엄두를 못 냈다고 한다. 하지만 1년이 지나 어느 정도 단골 고객이 확보된 다음부터 소소하게 기부를 시작했다. 그리고 아예 더 크게 일을 저질러버렸다. 있는 돈을 기부하는 게 아니라 벌어서 계속 기부를 하겠다는 약속을 해버린 것이다. 그렇다고 자녀들을 다 키워놓은 상태도 아니었다. 그 당시 그 남자의 큰아이는 고3, 둘째 아이는 고2. 그야말로 제대로 돈이 들어갈 상황이었다. 하지만 남자의 철칙은 단호했다.

첫째! 아이들은 대학교 입학금까지만 대준다는 것.

둘째! 자기가 번 돈은 100% 자기 것이 아니니 아예 매달 200만 원은 빼고 자기 돈이라 생각한다는 것.

있는 돈을 기부하는 것도 아니고 기부 빚을 진 건데 부담스럽지 않으냐는 질문에 전혀 그렇지 않단다. 오히려 그는 기부 약속 때문에 더 열심히 일을 할 수 있어서 좋다고 말했다. 마치 신나는 놀이를 하고 있는 아이처럼 그 남자의 눈빛은 설렘과 생기로 가득 차 있었다.

그 여자를 만난 건, 메르스 광풍이 우리나라를 휩쓸고 지나간 직후였다. 불과 며칠 전까지만 해도 듣도 보도 못한 병이 사람들의 목숨을 앗아갔으며 사람들은 속수무책인 정부와 의료진을 비판하다 못해 욕을 퍼붓기도 했다. 그녀는 간호사였다. 그것도 메르스로 인한 첫 사망 환자가 나온 병원의 중환자실 간호사. 어느 누구보다 두렵고 무서운 상황에서 그녀는 편지를 썼고 그 편지는 '간호사의 편지'라는 제목으로 포털의 대문을 차지하며 화제가 됐다.

그녀의 편지는 처절했다. 그녀가 얼마나 치열하게 메르스와 싸우고 있는지 그 짧은 글 속에서 느껴졌다. 의료진이라는 이유만으로, 사망 환자가 나왔다는 이유만으로 손가락질을 하고 등을 돌렸던 국민들은 달라졌다. 그녀의 편지가 공개된 이후로, 국민들은 의료진들을 격려하기 시작했다.

저는 전국을 뒤흔들고 있는 메르스라는 질병의
첫 사망자가 나온 ○○병원 중환자실 간호사입니다.
20년간 중환자를 돌보며 처음 느낀 두려움,
그리고 그 두려움조차 미안하고 죄송스럽던 시간들.
같은 공간에 있었다는 이유로 저는 격리 대상자가 됐지만
남은 중환자들을 돌봐야 했기에 '코호트 격리'라는
최후의 방법으로

매일 병원에 출근합니다.

(중간 생략)

스스로에게 묻습니다. 그래도 이 직업을 사랑하느냐고….

순간, 그동안 나를 바라보던 간절한

환자들의 눈빛이 지나갑니다.

지금껏 그래왔듯 제 자리를 지키겠습니다.

최선을 다해 메르스가 내 환자에게 오지 못하도록

맨머리를 들이밀고 싸우겠습니다.

더 처절하게 더 악착같이 저승사자를

물고 늘어지겠습니다. (이하 생략)

— 김현아 간호사의 글 중에서

얼마 전, 그녀의 첫 책이 신간이란 이름으로 내 책상 위에 놓여졌다. 나는 단번에 그녀의 책을 읽어 내려가기 시작했다. 책 곳곳에서 열악한 현실 속에서 환자를 돌봐야 하는 간호사의 힘겨운 숙명이 느껴져 읽는 내내 가슴이 따끔거렸다. 그리고 안타깝게도 그녀가 최근에 간호사란 일을 관뒀음을 알게 되었다.

얼마나 힘들었기에 스무 해 넘게 해왔던 그 일을 관둬야만 했을까. 잠깐의 망설임 끝에 그녀에게 문자를 남겼다. 소중한 글, 잘 읽었다는 말과 함께 응원의 메시지도 짤막하게 덧붙였다. 분명, 그녀는 생의 마지막에 있는 환자들을 안간힘을 다해 붙잡아 주었듯 새롭게 시작할 어떤 일에서도 최선을 다해 자기의 자리를 지킬 것임을 난 믿는다.

난 이런 사람들을 인터뷰할 때마다 가슴이 뛴다. 노블레스 오블리주가 실종된 지 오래고, 모 대기업 오너 일가의 슈퍼 갑질이 연일 뉴스를 장식하는 걸 보면서 우리가 진짜 배워야 할 삶의 가치는 소시민의 삶에 있다는 걸 다시 한번 느낀다.

우리가 사는 세상을 살 맛 나게 하는 건, 이런 사람들이다. 힘들었던 자신의 과거를 잊지 않고 누군가의 미래를 위해 자기 몫의 일부분을 기꺼이 나눌 수 있는 사람들이며, 누가 뭐래도 자기 자리에서 묵묵히 최선을 다하는 사람들이다. 그런 사람들이 세상을 굴러가게 한다. 당신도 그중의 한 사람이다.

꼴찌? 그게 뭣이 중헌디

왜 공부를 해야 하는지도 모른 채 오로지 엄마의 기대치를 채우기 위해 학창시절 내내 모범생으로 살아온 은주라는 소녀가 있었다. 그리고 그런 그녀 앞에 공부와 담을 쌓은 소년 봉구가 나타난다. 자신과 전혀 다른 세계에 사는 봉구의 순수한 열정에 이끌려 잠깐의 일탈을 경험하면서 은주의 성적은 뚝뚝 떨어진다. 그래봤자 1등에서 7등으로의 추락. 하지만 단 한 번도 1등을 놓친 적 없는 은주와 부모님에게 7등은 거두절미하고 행운의 숫자가 아닌 실패의 숫자일 뿐이었다. 결국 은주는 옥상에서 투신을 한다.

'이미연'이라는 하이틴 스타를 배출하면서 꽤 큰 흥행을 이뤘던 영화, 〈행복은 성적순이 아니잖아요〉의 줄거리다. 당시 고1이었던 나도 그 영화를 보면서 속이 뻥 뚫리는 기분이었다. 그리고 따라 외쳤다.

'맞아, 행복은 성적순이 아니야.'

그런데 벌써 개봉한 지 30년이 다 된 이 영화에 대해 요즘의 부모님들은 억눌린 자녀들보다 더 큰 목소리로 외친다.

"웃기는 소리 말라고 해. 행복은 성적순이야. 아니, 성적 순대로 정확히 가진 않아도 대충 비슷하게 가. 그러니 입 다

물고 가서 공부나 해."

　〈아침마당〉을 집필하면서 꼴찌들의 반전 성공기를 많이
소개했던 건, 30년이 지난 지금도 은주가 자신의 목숨을 버
리면서까지 던진 절절한 메시지를 많은 부모님들이 못 알
아듣고 있기 때문이었다. 하긴 부모님들 탓만도 아니다. 강
산이 세 번 변할 시간 동안, 개천에서 용 나던 시절은 오히
려 끝나버렸고 가진 것 없이 출발한 인생의 성공은 점점 더
소원해졌으니 부모님 입장에서야 당신들이 살아온 방법대
로 오로지 공부를 강조할 수밖에….

　하지만 과연 정말로 그 방법밖에 없을까? 에이즈 분야에
서 아시아 최고의 권위자인 건국대학교 조명환 교수님 이
야기를 해보자. 에이즈 환자가 처음 발견된 것이 1981년이
라고 하는데 조명환 교수님은 1989년부터 에이즈 연구를
하기 시작했으니 탁월한 선견지명의 소유자가 아니었을까.

　그런데 알고 보니 교수님의 인생은 선견지명은커녕 반
친구 70명 중, 69명을 받쳐주는 꼴찌 인생이었다. 더군다나
머리는 또 얼마나 안 좋았던지 남들 1시간 공부하면 될 걸,
3시간 4시간을 공부해야 겨우 이해할 정도였다고 한다. 고
등학교를 졸업할 때가 되어 대학은 가고 싶은데 갈 대학이
없으니 당시로선 아무도 안 쳐다보는 미달 과를 골라서 진
학을 했다. 급하게 골라 가다 보니 고등학교 시절 문과생이

었던 분이 대학에서는 이과 전공이 되었다. 막상 졸업할 때가 되어도 취직이 안 되니 어쩔 수 없이 공부를 계속할 수밖에 없었고, 지푸라기라도 잡는 심정으로 미국의 여러 대학에 원서를 냈으나 교수님을 받아주는 곳은 한 곳도 없었다고 한다.

자괴감으로 하루하루를 보내고 있던 때, 유일하게 애리조나 대학의 한 교수님이 조명환 교수님을 지도해보겠다고 연락이 왔다. 단, 반드시 자신의 밑에서 자신의 연구 분야를 배워야 한다는 것. 그분이 바로 에이즈 분야의 최고 전문가였던 것이고 아무도 연구하겠다는 사람이 없으니 울며 겨자 먹기로 조명환 교수님을 제자로 받아들인 것이다. 그때부터 조명환 교수님은 반전 인생의 주인공이 된 것이고, 지금은 에이즈에 관한 한 아시아 최고의 전문가가 되셨다.

'오페라'와 '드라마'를 합친 형태인 '오페라마'라는 독특한 영역을 개척해서 활발하게 활동하고 있는 성악가, 정경 교수님도 꼴찌 반전 성공기의 한 분이었다. 고등학교 시절까지 오로지 운동이 좋아 운동만 하며 육상 선수로 활동했던 정경 교수는 갑자기 찾아온 부상으로 더 이상 운동을 할 수 없게 되었고, 일생 공부 대신 운동만 했으니 성적이 바닥인 건 불 보듯 뻔한 일이었다. 대학은 가야겠고 성적으로 갈 자신은 없고 당시로선 실기만 본다는 대학을 찾아 1년간 죽어라 성악을 배웠다. 그리고 지금은 유학파가 판치는 성악 분야에서 몇 안 되는 국내파로 이름을 날리고 있다.

미국 유타주에서 컵밥 하나로 대한민국 청년의 위상을 드높이고 있는 송정훈 대표도 꼴찌 인생이었다. 힙합과 스트리트 댄스에 빠져 자기 다리 길이보다 한참은 긴 청바지를 입고 온 동네 먼지를 쓸어 담으며 거리를 누볐었던 아들이 부모님 눈에는 그저 답 없는 인생일 밖에⋯. 아들의 미래가 걱정인 부모님은 당시 미국에 살고 있는 누나나 만나고 오라며 6개월짜리 비행기 티켓을 끊어줬는데 그게 송 대표 인생의 변곡점이 되었다. 용돈이 부족해 레스토랑 아르바이트로 근근이 생활비를 충당하던 송 대표 눈에 띈 건, 바로 푸드 트럭! 어떤 메뉴를 하면 좋을까 고민하다 우연히 TV에서 본 노량진 컵밥이 생각났고, 그 컵밥이 문제아의 인생을 바꿔놓았다.

이 외에도 내가 만난 꼴찌 인생은 수도 없이 많다. 그들을 보며 느낀 건, 학창시절 꼴찌가 인생의 꼴찌는 결코 아니라는 사실이다. 공부 머리와 사는 머리는 따로 있는 건지 뭔지는 모르겠지만 오히려 내가 만난 꼴찌들은 공부에선 노하우가 없을지언정 삶에서는 노하우가 풍부했다. 1등들이 공부에만 신경을 쓰느라 다른 경험이 미미한 반면, 꼴찌들은 달랐다. 쉽게 말해 이론은 약했지만 실전은 강했다. 그런 경험들이 어느 날, 폭발하기 시작하면 무섭게 폭발한다는 걸 그들을 통해서 알게 되었다.

더군다나 4차 산업혁명 시대에 공부만이 답이라는 생각은 너무 위험하다. 대부분의 일을 인공지능이 다 해내는 시대에는 다양한 경험으로 축적된 창의성이 무엇보다 중요하다. 창의성은 가르친다고 배울 수 있는 게 절대 아니다. 실제로 어린 시절, 창의적 그림을 그렸던 아이들이 미술을 전공하기 위해 미술학원을 다니기 시작하면 창의성을 잃고 천편일률적으로 그림을 그려내는 것과 같은 맥락이다. 글깨나 썼던 아이들이 논술학원에서 배우고 나면 비슷한 글쓰기를 하는 것과 같은 맥락이다.

그렇다고 꼴찌들이 아무나 성공하는 건 아니다. 성공한 꼴찌들에게는 몇 가지 공통점이 있다.

첫째! 꼴찌는 했을지언정, 기가 죽지는 않았다는 것.

이렇게 되려면 부모님의 역할이 중요하다. 끝없이 주변과 비교하며 자녀들의 기를 죽이면 안 된다. 기가 죽은 아이들은 자신감도 죽고, 꿈도 죽는다.

둘째! 공부는 못했을지언정 자신이 꽂힌 한 가지엔 집요

결핍 있는 인생이 아름답다

하리만치 집중했던 시간이 있었다는 것.

그를 집중하게 했던 무엇이 나중에 그가 먹고사는 문제와 연결이 되든 안 되든 그건 중요한 게 아니다. 뭔가 하나에 미쳐서 밀고 나가봤던 그 짜릿한 경험이 훗날 새로운 뭔가를 할 때 또다시 나오게 되고 그게 결국 성공으로 가는 에너지가 되었단 사실이다.

셋째는 본인 스스로도 그렇고 부모님도 자녀가 공부에 재능이 없다는 걸 쿨하게 인정했다는 것이다.

공부도 여러 가지 재능 중 하나일 뿐이니 공부를 못한다는 건 공부에 재능이 없다는 것이고, 재능 없는 분야에 비싼 투자를 하면서 아이들을 잡는 대신 재능 있는 다른 부분을 찾아서 키워줬다는 것이다.

이 시점에서 우리 아이는 진짜 어디에도 재능이 없어요~ 하는 부모님들에게 하고 싶은 말이 있다. 재능이라는 건 점수를 매길 수 있는 분야만 있는 게 아니다. 들이대기 잘하는 것도 재능이요, 친구들 간에 화해를 잘 시키는 것도 재능이요, 부모님께 애교를 잘 떠는 것도 재능이며, 차분한 것도 재능이다. 점수화할 수 있는 것만이 재능이 아니니 아주 작은 것이라도 내가 남보다 뛰어난 장점을 살리면 충분히 승산이 있다. 성적에 목매는 많은 이들에게 전한다. 한 영화에서 대사로 나왔다가 유행어처럼 번진 말이다.

"뭣이 중헌디~~."

그녀는 왜 행복을 자랑하지 않는 걸까

；

한때 지상파 3사 아침 프로그램에서 연예인의 럭셔리 하우스를 구석구석 보여주는 게 유행이었던 적이 있었다. 화려한 집만 보여주는 게 아니었다. 연예인 가족의 외식 장면, 연예인의 가족 여행, 연예인의 리마인드 웨딩까지…. 심지어 시청률 경쟁이 심해지면서 더 화려하고 멋진 장면을 뽑아내기 위해서 방송사는 제작비의 상당 부분을 그들을 섭외하는 데 썼어야 했고, 그들의 멋진 저녁을 차려주는 데 썼어야 했으며, 그들을 더 먼 나라로 여행 보내주는 데 썼어야 했다.

그즈음, 방송작가인 나는 그들의 화려한 일상을 경쟁적으로 보여주는 것에 대해서 상당히 씁쓸함을 느끼고 있었다. 그리고 결심했었다. 난 절대 연예인의 화려한 삶을 보여주는 프로그램은 하지 않겠다고. 내 생각에 그건 일종의 책임이 따르는 행위였다. 어떤 책임이냐고? 극소수만이 누리는 사치스러운 행복이 마치 보편적인 행복인 양 포장됨으로써 그런 생활을 할 수 없는 대다수의 평범한 이들이 자기도 모르는 사이, 자신의 삶을 보잘것없는 것으로 치부하게 된다는 사실 때문이다.

최근엔 화려한 연예인만이 문제가 아니다. 일반인들의 SNS에도 자랑용 글이 차고 넘친다. 소수의 연예인이나 셀럽들에 국한되었던 자랑질이 범국민적으로 확대되고 있는 셈이다. 내 경우에는 딸아이를 초등학교에 보낸 후 문제의 심각성을 제일 깊이 느꼈다. 딸아이 친구들의 엄마들이 SNS상에 올려놓은 자랑 때문이었다. 각종 대회에서 상을 받은 상패나 트로피를 들고 찍은 사진을 올리거나 대놓고 1등 한 성적표를 올린 엄마도 있었다. 공부로 자랑할 게 없는 엄마들은 고급 레스토랑이나 호텔에서 아이의 생일파티를 하는 사진을 올려놓는 경우도 있었고, 명품 패딩을 사서 입히고 '역시 내 아들, 모델 같아' 이런 식의 자랑을 하는 엄마들도 있었다. 도대체 이런 엄마들의 행복은 오로지 자식밖에 없나 싶을 정도로 엄마들의 SNS는 자식 자랑으로 넘쳐났다.

물론 긍정적인 영향을 주는 자랑도 있다. 하지만 대부분의 자랑은 보는 이로 하여금 자괴감을 갖게 하는 경우가 많다. 더욱 우려스러운 것은 스마트폰의 사용 연령대가 해를 거듭할수록 낮아지는 상황에서 여기저기 난무하는 자랑질은 가치 판단이 제대로 서지 않은 아이들에게 왜곡된 행복관을 심어준다. 나만 빼고 모든 사람들이 행복한 것만 같은 느낌. 그건 정말 괴로운 일이 아닐 수 없다.

그런 생각을 하다 보니 문득 그분이 떠올랐다. 그분은 내가 20년 넘게 방송 일을 하면서 만난 가장 멋진 진행자였다. 작가가 사전 취재를 통해서 작성한 원고를 100% 소화하는 것은 물론, 작가가 잡아내지 못하거나 작가 앞에서 미처 드러나지 않았던 출연자들의 속마음까지 헤아리며 진행을 하는 분이었다. 자신보다 키가 작은 출연자에겐 무릎을 구부려 질문을 했고, 자신보다 노쇠한 어르신에게는 귀 가까이 대고 질문을 했다. 출연자들이 혹시라도 말실수를 했을 땐 그 뒤에 숨겨진 본래의 의도를 곧바로 짚어주며 불특정 다수에게 비난받을 수 있는 경우의 수를 차단해주었다. 그분이 긴 시간 시청자들로부터 사랑을 받을 수 있었던 이유는 바로 그분의 이런 깊이가 차가운 브라운관을 뚫고 따뜻하게 전해졌기 때문이리라.

신기하게도 그분은 지금까지 프로그램 진행자로서의 모습 외에 자신의 사적인 모습을 공개하는 프로그램에는 한 번도 출연한 적이 없었다. 요즘처럼 연예인의 사생활을 보여주는 리얼 프로그램이 대세인 상황에서 피디, 작가들이 섭외를 하고 싶어 안달을 부려도 언제나 그녀의 대답은 "죄송합니다"였다. 언젠가 그분에게 물어본 적이 있다. 방송 여기저기서 당신의 생활을 취재하고 싶어 할 텐데 섭외에 응하지 않는 이유를. 그분의 대답은 명쾌했다.

결핍 있는 인생이 아름답다

"누군가는 나의 행복한 모습을 보고 자신의 삶을 비관할 수도 있으니까."

단언컨대 내면이 꽉 찬 사람은 표피를 자랑하지 않는다. 내가 만난 사회적, 경제적, 학문적, 인격적으로 대단한 분들은 그들의 SNS를 통해 좋은 영향력을 행사할지언정, 표피를 자랑하는 모습을 본 적이 없다. 그러니 자꾸만 표피를 자랑하고 싶어서 SNS를 들락거리는 자신을 발견하거들랑 SNS에 올릴 사진을 찍을 시간에 내면을 더 채울 노력을 하라. 그리고 반대로 무분별한 SNS 자랑질에 온 신경을 쓰고 있는 누군가를 보거들랑 '저 사람도 엔간히 속이 비어있나 보다'라고 안쓰럽게 생각하고 그런 이들에 대한 염탐을 곧바로 그만두라.

적어도 당신의 내면이 꽉 차기 전이라면 그들의 자랑질에 또다시 당신의 삶이 흔들릴 수 있으니까 말이다.

어떻게 진짜 친구를 얻는가

;

생각해보면 학창시절 내 주변엔 늘 친구들이 들끓었다. 부모님이 물려주신 유머 감각 덕분이었다. 친구들은 나와 친해지고 싶어 했고, 내가 누군가와 친한 듯 보이면 사춘기 소녀의 시기 질투를 보이는 친구들도 더러 있었다. 그러나 정작, 나에겐 진짜 친구가 없었다. 아무리 조용하고 내성적인 친구들도 적어도 두세 명, 떨어져선 죽고 못 사는 친구가 있기 마련인데 난 그렇지 않았다. 한마디로 풍요 속, 빈곤이라고나 할까.

대학 시절도 마찬가지였다. 그 시절 나의 별명은 '만인의 연인'이었다. 성별을 떠나고 나이를 떠나서 워낙 선후배 동기들과 격 없이 지낸다는 이유 때문이었다. 하지만 그 시절 나에겐 역시 진짜 친구가 없었다. 그럼에도 불구하고 난 특별히 더 외롭다거나 진짜 친구를 만들고 싶다는 생각을 하지 않았다. 오히려 특정 몇 사람과 관계가 깊어지는 게 왠지 부담스러웠다.

연애도 마찬가지였다. 누군가를 사랑하게 된다는 건, 그 사람의 인생에 깊이 들어간다는 것인데 난 그게 부담스러웠다. 그 사람의 인생을 안다는 것보다 내 인생을 알게 하는 게 더 불편했던 것이리라.

그러다 몇 년 전, 나보다 여섯 살이나 어린 여자 피디와 일할 기회가 생겼다. 피디와 작가는 작업의 특성상, 관계가 안 좋은 경우가 많은데, 거기에 여자끼리의 묘한 시기와 질투까지 겹치다 보면 여자 피디와 여자 작가는 더욱더 불편한 경우가 많았다. 심지어 나보다 어리기까지 하니 솔직히 부담이 안 됐다면 거짓말일 것이다. 그때 내 마음은 여차하면 프로그램을 관둬야지였다. 이삼십대에야 경력을 위해서 피디 갑질에도 버텨내야 한다는 생각이었는데 어느덧 경력도 쌓이고 사십대에 들어서다 보니 굳이 참으면서까지 나를 소진시키고 싶진 않았던 터였다.

그녀와 나의 첫 점심식사 시간을 잊을 수 없다. 처음 보는 나에게 갑자기 자기 얘기를 털어놓기 시작하는 거였다. 그것도 꽤 친해지지 않고는 털어놓기 좀 뻘쭘한 내용이었다. (그 내용이 무엇이었는지는 상상에 맡기겠다. 그녀의 프라이버시를 위하여!) 순간, 난 이런 생각이 들었다. '저런 얘기를 나한테 왜 하는 거지?'란 생각과 함께 '나랑 일하기 싫은 건가?'라는 생각. 자기의 얘기를 한참 털어놓던 피디는 이번엔 나에 대해서 물어보기 시작했다. 일과 전혀 상관없는 얘기들을. 난 그중에 몇 질문엔 아주 간략하게 대답을 했고, 그조차 난감한 질문에는 그냥 웃음으로 일관했다.

대충 나의 반응을 보면 자기 얘기하기 싫어하나 보다 하고 포기할 법도 한데 그 피디는 그러질 않았다. 매일 조금씩 자기의 얘기를 들려줬고, 그런 만큼 내 얘기를 듣고 싶어 했다. 재밌는 사실은 '이 피디, 뭐지?' 했던 그날부터 나는 조금씩 그녀에게 빨려들고 있었다. 그녀의 스타일에 말려들고 있었다. 그러면서 내 얘기를 하기 시작했다. 일과 무관한— 어느 누구와도 나눠본 적 없는 나의 얘기를—

　　그 피디와 일한 지, 6개월 만에 나의 친정 아빠는 교통사고를 당했다. 생사의 경계에서 힘겨워했던 보름간, 난 그 피디와 적잖이 술잔을 기울였다. 언제 소식이 들려올지 몰라 두려웠었다. 장례를 치르는 3일 내내 그 피디는 아버지의 빈소를 찾아와 주었다. 아버지가 돌아가신 지 1년 반쯤 지났을까. 이번엔 그 피디에게 청천벽력 같은 일이 벌어졌다. 매일 두세 시간씩 운동을 하시던 오십대 중반의 건강한 친정어머니가 갑자기 말기암 판정을 받은 것이었다. 이대로 두면 3개월을 버티기 힘들 거라는 의사의 말을 뒤로한 채, 그 어머니는 3년 가까이 기적에 가까운 투병을 하셨지만 결국 눈을 감으셨다. 그 피디가 내 인생에 가장 힘겨웠던 보름을 함께해줬던 것처럼 이번엔 내가 그 피디 인생의 가장 힘든 시간을 함께하게 된 것이다. 그러면서 우린 나이 차이를 떠나 아픔까지 공유하는 둘도 없는 진짜 친구가 되었다.

어린 시절 난 사람 얻는 법을 몰랐다. 얻을 필요 없어~ 라고 치기 어린 변명을 대기도 했지만 따지고 보면 진짜 친구가 없었음이 허전했음에도 불구하고 난 괜찮다 괜찮다 하며 덮어버렸다. 어린 시절 난, 겉으론 당당했지만 속으로 콤플렉스 덩어리였는데 그런 내 모습을 들키고 싶지 않아 무던히도 방패막을 쳤던 것이다. 한마디로 진짜 친구를 얻기 위해 내가 치러야 할 대가가 무서워서 말이다. 재미있는 것은 '진짜 친구'를 알게 되자 '가짜 친구'를 걸러낼 수 있는 눈이 덤으로 생겼다는 것이다.

내 사람을 얻는다는 건, 결국 나의 치부를 보여주는 일이 아닐까 싶다. 때론 그걸 이용하는 사람들 때문에 분명 상처받을 수도 있겠지만, 그럼에도 불구하고 내 편을 얻기 위선 나의 가장 아픈 부분, 나의 가장 약한 부분을 먼저 드러내야 한다. 때론 그것이 부담스러울 수 있지만, 그 과정을 생략한 채 진짜 내 사람을 얻을 순 없다. 그걸 위해 치르는 대가는 진짜 친구를 얻는 가치에 비하면 결코 크진 않을 것이다. 평생 의지가 될 진짜 친구를 만들고 싶다면 이제부터라도 당신의 민낯을 보여줘야 할 때다.

때론 무모함이 길을 만든다

．
，

　　나에겐 가끔씩 떠올릴 때마다 웃음 짓게 하는 한 젊은이가 있다. 2018년 봄 특집을 준비하면서 내가 집필 중인 프로그램에 주인공으로 나왔던 이동진 씨. 그의 이름 석 자 앞에 붙는 수식어가 있었으니 그건 바로 '도전자'다. 수식어에서 알 수 있듯이 그의 주특기는 바로 '무모한 도전' 이다.

　　학창시절, 전혀 존재감이라곤 없었던 그. 일탈을 하는 것도 아니고 그저 평범하게 공부를 하는데도 성적은 오르지도 않고, 그렇다고 딱히 남들보다 잘하는 것도 없었던 그저 그런 존재가 바로 그였다. 대학을 왜 가야 하는지 이유도 찾지 못했을뿐더러 성적도 받쳐주지 않았기에 고등학교를 졸업한 후 고깃집 아르바이트를 하게 되었다는데 그곳에서 인생의 쓴맛을 처음 경험한 후, 그의 삶은 180도 달라졌다.

　　불판을 닦고 서빙을 하는 단순노동이었는데도 불구하고 진상 손님들은 그를 가만히 두질 않았다. 고기를 구워주면 구워주는 대로 잘 굽네 못 굽네 비난을 받았고, 안 구워주면 안 구워주는 대로 아르바이트생 주제에 열심히 하지 않는다고 구박을 받았다. 나이가 어리다는 이유로 처음 보는 손님들에게 기분 나쁜 반말을 밥 먹듯이 들어야 했고, 그렇다고 자기 주장을 펴기엔 사장 눈치가 보였다.

스무 살이란 나이에 갑자기 경험하게 된 야생의 시간들. 그 시간을 조금이라도 늦춰야 한다는 생각으로 대학 시험을 보기로 결심을 했지만, 3년 내내 오르지 않던 성적이 갑자기 오를 리 만무였다는데…. 결국 그는 무식한 방법을 선택했다. 공부! 네가 이기나 내가 이기나 해보자는 심정으로 잠 자는 데 필요한 다섯 시간 정도를 빼고는 무조건 책을 잡았다. 다섯 번 외워도 안 될 땐 여섯 번을 외웠고, 여섯 번을 외워도 안 될 땐 일곱 번을 외웠다. 한마디로 요령이라곤 없는 무식한 방법이었다.

그런데 그 무식한 방법이 통했다. 결국 그는 대학을 입학하게 되었고 파일럿이 되고 싶다는 꿈도 처음으로 생겼다. 하지만 타고난 시력이 나빴던 그는 파일럿의 조건에 맞지 않아 그 꿈을 접어야만 했다고. 유일하게 하고 싶었던 파일럿에 도전조차 할 자격이 안 된다는 걸 알고 그는 다시 막막해졌다. 그때 만난 대학 선배는 그에게 해병대 이야기를 들려줬다. 남자라면 한 번쯤 경험해볼 가치가 있다는 얘기에 곧바로 해병대에 자원 입대를 했다. 살인적인 훈련을 견뎌내며 한 번뿐인 인생, 남들이 안 해본 도전을 해보자는 단순 무식한 목표도 생겼다.

그렇게 그의 무모한 도전은 시작됐다. 대학교 1학년 때 마라톤 풀코스와 철인 3종 경기에 도전을 했고 해병대를 전역한 지 4일 만에 5,800m 히말라야를 등정하는가 하면 아마존 사진 한 장에 반해서 222km 아마존 정글 마라톤에 도전하며 15개국 45명의 참가자 중, 단 11명만이 완주하는 상황에서 아시아 최연소 완주라는 기록을 세웠다. 그것뿐이 아니다. 팀 플레이로 울진에서 독도까지 약 240km를 수영해서 건너가는가 하면 6,000km에 달하는 미 대륙을 자전거로 횡단했고 2,500km에 달하는 몽골 대륙을 말 타고 횡단하는 데 성공했다.

그렇다고 그가 이 모든 도전에 들어가는 비용을 지원받을 정도로 부유한 가정도 아니었다. 도전을 할 때마다 비용 마련을 위해서 아르바이트와 자기 나름의 기획서를 써서 협찬을 받으러 다녔다. 그중에서도 미 대륙을 자전거로 횡단한 비용을 마련할 때 에피소드는 가끔 생각해도 참 대단하다 싶어서 소개를 할까 한다.

미국까지 날아가는 비행기 값은 아르바이트로 모았지만 문제는 자전거였다. 엄청난 거리를 성공적으로 달리기 위해서는 좋은 자전거가 필요했다. 무작정 자전거 회사를 찾아갔다. 하지만 국가대표도 아니고, 유명 셀럽도 아닌 그에게 비싼 자전거를 협찬할 회사는 어디에도 없었다.

결핍 있는 인생이 아름답다

그는 곧 대형 서점을 찾았다. 그리고 자전거 전문 잡지가 있음을 알아내고 잡지사와 접촉을 시도했다. "내가 자전거 하나로 미 대륙을 횡단할 예정인데 모든 준비는 다 됐다. 다만 그 내용을 잡지에 연재하고 싶다"는 게 그의 제안이었다. 잡지사에서야 다른 비용이 들어가는 문제도 아니고 재미있는 연재이니 거절할 이유가 없었다. 흔쾌히 좋다는 답변을 내놓은 잡지사 관계자에게 그는 결정적인 얘기를 털어놨다. 모든 준비는 다 됐는데 딱 하나, 자전거가 없다는 얘기를…. 그 얘기를 들은 잡지사 관계자가 얼마나 황당했을지는 미루어 짐작이 되지 않는가.

이 친구 뭐지 하는 눈빛으로 쳐다보는 관계자에게 그는 그동안 자신이 했던 무모한 도전에 대한 얘기와 증거 자료를 제시했다. 그리고 그 도전의 이력서를 만들어 올 테니 그 이력서를 자전거 회사에 좀 돌려달라는 부탁을 했다고 한다. 전문적으로 잡지를 만드는 관계자보다 자신이 더 자전거 회사에 대해서 잘 알 수는 없었으므로. 그리고 그의 이런 생각은 적중했다. 한 군데 회사에서 그에게 자전거 협찬을 결정했다.

횡단을 하면서 먹고 자는 비용도 문제였다. 하지만 그는 자신 있었다. 길에서 만나는 사람들에게 자신의 도전을 설명했고, 오늘 밤 나를 재워주면 당신이 생전 들어보지 못한 재미있는 도전을 들려주겠다며 오히려 듣는 이의 호기심을 자극했다. 그렇게 그는 무사히 미 대륙을 횡단했다. 불가능해 보였던 그의 도전은 이렇게 실행에 옮겨졌고 그런 도전들이 매스컴을 타면서 그에게 더 큰 도전을 할 수 있는 동력이 붙었다.

재미있는 사실은 그가 이런 도전을 이어가는 사이 파일럿에 대한 시력 기준이 완화되면서 그의 시력으로도 도전할 수 있는 길이 열렸다는 사실이다. 그는 현재 미국에서 파일럿이 되는 수업을 착실히 받아가는 중이다.

들도 보도 못한 직업을 만든 젊은이도 있다. 자칭 한국 문화 기획꾼인 아리랑유랑단의 문현우 단장이 그 주인공이다. 한국적인 건 고루하다고 생각하는 사람들을 상대로 한국 문화의 가치를 가르치는가 하면 한국적 소재를 모티브로 삼아 해외에 나가 한국이란 브랜드를 알리는 것이 그가하는 일. 기성세대가 보기엔 그런 게 직업이야, 할 정도로특이한 일이지만 그도 이런 직업을 창출하며 살 거라곤 학창시절엔 상상도 못 했단다. 어느 날 우연히 뉴스에서 본 기사에 분노했고, 그 분노가 그의 오늘을 있게 했다.

그 뉴스는 바로 2013년에 있었던 일로 중국이 동북공정 (쉽게 말해서 중국의 국경 안에서 전개된 모든 역사를 중국의 역사로

편입하려는 목적하에 진행된 역사 연구 프로젝트)의 일환으로 한국의 문화유산인 〈아리랑〉을 자신들의 문화유산으로 편입하려 한다는 내용이었다. 그는 일단, 자신과 같은 생각을 하는 젊은이들을 모으기 시작했다. 그리고 3개월간 15개국을 돌며 사람들이 모인 곳에서 〈아리랑〉을 들려주고, 퍼포먼스를 보여줌으로써 〈아리랑〉은 대한민국의 문화유산임을 세계 속에 알렸다. 그의 이런 무모한 도전은 많은 이들의 관심을 끌었고, 화제가 되었다.

그때 받은 감동을 이어가고 싶었던 그는 아예 한국 문화 기획꾼이라는 새로운 직업을 만들어 지금까지 열정적으로 활동하고 있다. 무엇보다 그를 설레게 하는 것은 그가 갖고 있는 직업이 지금까지는 없던 전무후무한 직업이므로 그가 만든 모든 것이 역사가 되고 처음이 된다는 사실이었다.

어느 누구도 해본 적 없는 일을 한다는 게 두렵지 않은지 그에게 물어본 기억이 난다. 그의 대답은 간단했다. 어린 시절엔 나름 부유해서 유학 경험도 있었지만 정작 제대로 공부를 해야 될 시기엔 아버지 사업이 망하면서 고시원을 전전하는 생활을 했었단다. 몸 하나 뉘면 가득 차버린 좁은 공간에서 지내면서 절대 갇힌 삶을 살지 않겠다고 결심했다고 한다. 내가 갖고 있는 물리적 조건은 열악하지만 내 생각만큼은 절대 좁은 틀에 가두지 않겠다고 말이다.

결핍 있는 인생이 아름답다

매스컴에 나오는 말 중에 내가 싫어하는 단어가 몇 가지 있다. 대표적으로 두 가지만 꼽으라면 '흙수저'라는 말과 '중2병'이다. 예전에도 가진 것 없고 어려운 친구들은 있었으며 15세가 넘어 학교를 다니는 친구들은 모두 중2 시절을 겪었다. 예나 지금이나 돈 없고 빽 없고 부모 배경 없는 사람들은 자력으로 살아야 하며 예나 지금이나 사춘기는 질풍노도의 시기이고 혼돈과 방황, 반항의 시기다. 하지만 그때 '흙수저'란 말도 '중2병'이란 말도 없었다. 그런데 이런 불편한 신조어들이 생기면서 가진 것 없고 물려받은 거 없는 다수의 사람들은 내가 가진 가능성보다는 열악한 조건에 자포자기하게 된다. 어른으로 가기 위해서 정신적 독립을 해가는 사춘기라는 과정이 '병'이 되어 건강한 청소년들을 환자로 만들어버린다. 어느새 중2가 되면 그 병에 걸리는 게 당연한 게 되어버렸다.

명명은 생각보다 강한 힘을 발휘한다. 그래서 뭔가에 이름을 붙일 때는 굉장히 신중해야 한다. 그것이 부정적인 의미일 때는 더더욱 그렇다.

내가 무모한 도전을 하는 젊은 출연자들을 보며 감동을 받는 이유는 바로 이거다. 사회적 잣대에 자신의 삶을 가두지 않는다는 점. 그 잣대를 가뿐히 무시하고 자기만의 잣대를 만들어 삶을 채워간다는 점. 도전하지 않으면 실패도 하지 않지만 성공도 할 수 없다는 것. 그리고 그 도전이 오롯이 자신의 생각으로 한 도전이라면 실패라 해도 결코 실패가 아니라는 것.

때론 무모한 도전이 길을 만든다.

가족은 사랑일까

아픔일까

새벽녘 전화 한 통

;

     이건 분명 꿈이었다. 그렇지 않고는 이런 일이 나에게 벌어질 게 아니었다. 그날 난 요란한 팀 회식 후, 알코올에 찌든 속을 부여잡고 잠에 빠져있었다. 아침 6시쯤 됐을까. 다급히 날 깨우는 남편의 목소리.

    “빨리 일어나! 여보, 정신 차려! 아버님이 사고를 당해서 응급실에 계시대, 빨리 가자.”

    이게 뭔 소리지. 비몽사몽 주섬주섬 옷을 챙겨 입고 병원으로 향했다. 이미 아버지는 의식이 없었다. 이른 아침, 횡단보도를 건너다 출근 중인 승용차와 그대로 부딪쳤다고 했다. 갈비뼈 24개 중, 몇 개를 빼고 모두 부러졌다고 했다. 정신이 번쩍 났다. 아무런 반응도 없는 아빠를 보자마자 난 미친 듯이 소리를 질렀다.

    “아빠, 막내 왔어. 막내!”

    연거푸 지르는 소리를 들은 건지 미동도 없던 아빠가 들릴 듯 말 듯 입을 움직였다.

    “많이 아파. 아파…. 할매.”

    엄마를 찾고 있었다.

    “응, 아빠, 엄마 옆에 있어. 죽으면 안 돼. 알았지, 아빠!”

그날로부터 아빠는 정확히 보름을 버텼다. 출혈이 너무 심해 수술조차 곧바로 할 수 없었다. 급히 개복을 한 후, 출혈이 심한 부위를 일단 거즈로 막아놓았다. 절반 이상 찢어진 간을 꿰매는 수술은 며칠 후에나 할 수 있었다. 응급실에서 들었던 그 한마디 이후 아빠가 마지막 숨을 거두는 그날까지 우리 가족은 아빠의 목소리를 더 이상 들을 수 없었다. 그대로 아빠는 중환자실로 옮겨졌고, 중환자실에 있는 보름 동안 곧 떠나실 거 같으니 가족들 다 모이라는 의사의 말을 적어도 네 번은 들은 것 같다.

그러면서도 하루하루를 버티는 아빠를 의사는 신기해했다.

이미 그때 아빠 나이 여든. 보통 노인네들은 그 상황에서 이렇게 버티지 못한다고 했다. 그랬다. 아빠는 삶에 대한 욕심이 많았다. 늘 백 살까지는 살고 싶다고 했다. 그리고 진짜 백 살을 채우려는 듯 매일매일 운동을 했다. 교통사고를 당하기 전까진 병원 한 번 제대로 간 적 없었고 자식들한테 부담 주기 싫다며 그 연세까지도 소일거리긴 하나 용돈을 직접 버는 억척 아빠였다. 우리 가족들 모두는 분명 아버지가 백 세를 채울 거라고 믿어 의심치 않았다. 그런 아버지가 교통사고로 사경을 헤매고 있었다.

결국 보름 뒤, 의사가 또다시 가족을 불러 모았다. 아버지는 약물에 의지해 기계적 숨만 쉬고 있었다. 더 이상 의미가 없으니 투약 중인 약을 중단하겠다고 했다. 주삿바늘을 통해 들어가던 약을 멈추자 오르락내리락 힘겨운 발걸음을 이어가던 아빠의 삶도 비로소 평지를 걷기 시작했다. 가족 모두 눈물을 훔치느라 정신이 없었다. 난 그 와중에 의식이 없는 아빠 귀에 바짝 입을 붙이고 얘기하기 시작했다.

"아빠, 많이 아팠지? 보름이나 버텨줘서 너무 고마워. 만약 아빠가 이 시간을 버텨주지 않고 차가운 아스팔트 위에서 떠났다면 우린 너무 힘들었을 거야. 늦둥이 딸 낳아서 키우느라 고생했어. 아빠 덕분에 막내딸 잘 살고 있으니까 걱정 마. 그리고 너무 미안해. 아빠. 너무 미안해…."

나는 이 말만을 반복했다. 난 아빠에게 미안한 게 많았다. 아빠를 미워했으니까. 늘 아들이 우선이었고 돈에 관한 한 지독을 떠는 것도 싫었고 자신의 근검절약 쉬지 않고 일하는 생활 패턴을 엄마와 자식들에게까지 강요하는 게 싫었다. 전기료를 아껴야 한다며 방방마다 불을 끄고 다니는 아빠의 지지리 궁상이 싫었었다. 아끼고 싶으면 아빠만 아끼면 되고 일하고 싶으면 아빠만 일하면 되지 왜 하기 싫은 우리에게까지 초절전 삶을 강요하는지 이해가 안 됐다. 그런 아빠 때문에 어느 순간 가족들은 여행 계획에서 아빠를 빼기 시작했다. 어차피 가자고 해도 돈 아까워서 못 가는 아빤데 여행 얘기는 한들 뭐 하나 싶으니 아예 얘기를 안 하게 되었다.

그런 아빠를 내가 닮았다는 걸 장례식장에서 알았다. 조문객들이 하나같이 "막내딸이 아빠를 닮았었구나"라고 말했다.

'내가 아빠를 닮았다고. 그럴 리가.'

난 한 번도 아빠를 닮았다고 생각해본 적이 없다. 성격도, 취미도, 체질도 모두 엄마를 닮았다고 생각하며 살았었다. 그런데 그런 내가 아빠를 닮았다고? 맙소사! 그날 이후, 그 말은 마치 내 삶의 화두처럼 나를 따라다녔다. 그러고 보니 아빠를 닮은 게 맞았다. 집에서고 밖에서고 쉬지 않고 일했다. 일을 내버려 두고는 잠이 오지 않았다. 쉬는 날이면 마치 일 총량의 법칙이라도 있는 것처럼 방송 일 대신 집안일로 모든 시간을 채웠다. 집에 먼지 하나 있으면 난리 날 것처럼 깔끔을 떨었다. 노예근성인지 책임감인지는 모르겠지만 이 모든 게 내가 그토록 싫어했던 아빠의 모습이었다. 그제야 40년을 함께했으면서도 내가 아빠에 대해서 아는 게 없음이 너무 죄송하게 느껴졌다. 아빠를 추모원에 모셔놓고 아빠 옆에 시 한 편을 적어 올렸다.

〈아버지〉

네모난 틀 안에 아버지를 옴짝달싹 못하게
가둬놓고 나서야
내가 아버지를 닮았다는 걸 알았다.

생각해보니 딴에는 알아서 큰다고 땀나게 뛰었는데

사이사이 아버지 가슴에 비수를 꽂았더랬다.
죽을힘을 다해 살았을 아버지에게
죽으면 후회만 남을 거라고 야무지게 비수를 꽂았더랬다.

네모난 틀 안에서 옴짝달싹 못하게 되고 나서야
궁금해졌다.
아버지가 뭘 좋아했는지
아버지는 어떤 때 행복했는지

누더기처럼 너덜너덜한 삶이 뭐가 그렇게 아쉽다고
백 살까지 살고 싶다던 아버지.
그 초라했던 인생을 저당 잡고 내가 살고 있다는 걸
내 나이 마흔 넘어 알게 되었다.

    곁에 있던 사람이 떠나고 나면 후회만 남는다. '어쨌든 그
사람은 참 마음이 따뜻했어', '효자였어', '모범생이었어' 등
등. 떠난 사람이 훌륭했든 훌륭하지 않았든 대부분 그렇다.
심지어 잘해준 건 생각이 안 나고 못해준 것만 생각이 난다.
어쩌면 그게 망자에 대한 최소한의 예의인지도 모르겠다.
나 역시 좀 더 일찍 지독한 아버지를 이해했어야 했다며 후
회했다. 하지만 이 역시 떠난 후엔 부질없는 것이다.

그나마 아버지가 살아계셨을 때 내가 했던 한 가지 일 때문에 죄송함을 조금이나마 덜고 살고 있다. 혹시 아버지가 살아계신 분들은 꼭 해보길 권한다. 결혼 후, 친정어머니에게만 매달 용돈 20만 원을 드렸었다. 딸아이가 돌 반이 지나자마자 사업을 시작한 남편을 대신해서 가장이 된 상태에서 내가 시댁과 친정에 드릴 수 있는 최대치가 그 정도였다. 아버지는 워낙 구두쇠니까 당신 쓸 돈은 항상 저축하고 계셔서 드릴 필요가 없다고 생각했다. 오히려 아버지 때문에 돈 쓰는 행복을 모르고 사는 불쌍한 엄마만 드리는 게 내가 할 수 있는 효도라고 생각했다.

그러던 어느 날, 성우 송도순 선생님과 이런저런 얘기를 나누다가 부모님께 드리는 용돈 얘기가 나왔다. 친정어머니에게만 용돈을 드린다는 내 얘기를 들으신 송도순 선생님이 나에게 조언을 건네셨다.

"남 작가, 그 용돈 말이야. 아버지 10만 원, 어머니 10만 원 이렇게 나눠서 드려. 어차피 매달 20만 원 쓰는 건데 아버지가 그 돈을 쓰든 안 쓰든 아버지도 늦둥이 막내딸한테 용돈 받는 즐거움을 느껴보셔야지."

허를 찔린 기분이었다. 사실 나는 그 말씀을 듣기 전까진 한 번도 그런 생각을 못 했었다. 그날 이후, 나는 아버지가 돌아가실 때까지 매달 거르지 않고 아빠에게 10만 원을 드렸다. 물론 돌아가실 때까지 고맙다는 소리 한마디 듣진 못했다. 그런데 그 소리도 아빠 장례식장에서 처음이자 마지막으로 들었다. 아빠가 막내딸의 쥐꼬리만 한 용돈에 대해서 주변 분들에게 침 튀기게 자랑하셨다는 걸. 어리석게도 우리는 소중한 이들을 떠나보내고 나서야 떠난 이의 가치를 깨닫는다. 어쩌면 그런 어리석음이 보이지 않는 그리움의 연료가 되어 소중했던 이들을 영원히 기억하게 하는 것일지도 모르지만 말이다.

가족은 사랑일까 아픔일까

그 남자의 부친상(父親喪)

가족문제상담 프로그램을 하던 때의 일이다. 보통 가족문제 하면 가장 많이 접수되는 내용은 고부갈등. 그런데 이 케이스는 달랐다. 아니, 신선했다. 결혼생활 20년이 되도록 자신을 미워하는 장모 때문에 죽고 싶을 정도로 괴롭다는 사위가 사연의 신청자였다. 최근 여자들의 사회 참여가 높아지고 입김이 세지면서 새롭게 등장한 가족문제 양상이 바로 장서갈등이다. 우리 사회 트렌드를 보여줄 수 있는 좋은 아이템이었기에 신청자에겐 미안하지만 내 가슴은 설렜다.

처음 만난 그 남자의 낯빛은 새까만 숯덩이였다. 그간의 고통이 얼마나 컸는지 말을 하지 않아도 느껴질 정도로 엄중하게 다가왔다. 그 남자의 사연은 이랬다.

아내에 비해 학벌도, 집안도, 직업도 딸리는 그 남자. 여자네 집안은 대부분 박사 출신에 직업도 '사'자가 줄줄. 그런데 남자네 집안은 환경미화원 아버지에 형제간도 내세울 만한 직업도 없었다. 이런 이유로 처갓집에선 근본부터 수준이 안 맞는다며 반대가 심했다. 하지만 혼전 임신이 됐고 두 사람은 결혼을 했다. 사위는 장모님의 마음을 얻기 위해서 시간을 쪼개 석사, 박사를 마쳤고 퇴근 후에는 강남 고딩들의 과외를 해가며 월수입 천만 원을 맞추고 있었다. 정작 본가에는 맏이 노릇 제대로 못 하면서도 반드시 인정받는 사위가 되겠다며 미친 듯 달려온 인생이었다. 그런데 장모의 구박은 해가 갈수록 더 심해졌다. 그런 시간이 20년 가까이 되다 보니 이제는 밥상머리에서 아내를 보면 장모의 얼굴이 겹쳐져서 토악질이 나올 정도라고 했다. 부모의 잘못된 간섭이 다 큰 자식의 가정을 벼랑 끝으로 몰고 있었다.

상담 프로그램을 할 때 작가로서 가장 큰 걱정은 출연자의 갑작스런 변심이다. 상담을 신청하는 사람의 마음속엔 항상 두 가지 마음이 공존한다. 방송을 통해 '임금님 귀는 당나귀 귀'를 하고 싶은 마음과 '어차피 묻고 산 인생, 그냥 나 혼자 괴롭고 말자' 하는 자포자기의 마음. 그런데 후자의 마음이 승리하면 방송은 펑크가 나는 것이다. 다행히 나는 그때까진 출연자가 변심한 경우는 없었다. 그런데 방송 전날 밤! 불길하게 울려대는 그 남자의 전화. 아버지가 갑자기 돌아가셨다고, 내일 아침 생방송에 못 나갈 것 같다고, 죄송하다고 했다. 그 순간 난 그 남자를 의심할 수밖에 없었다. 방송에 나올 자신이 없어지니까 '부친상'이라는 특단의 거짓말을 하는 게 아닐까 하는 불순한 생각을 했다.

서둘러 전화를 끊었다. 이유야 무엇이든 이제는 대책을

마련해야 할 때다. 급히 담당 피디와 통화를 했다. 매주 빡빡한 방송 일정 속에서 프로그램을 만들다 보니 대체 아이템이 없었다. 설사 대체 아이템이 있다 한들 어느 누가 오밤중에 전화를 받고 당장 몇 시간 후 생방송에 나와주겠냔 말이다. 담당 피디와 나 사이에 한참 침묵이 흐른 후, 결연한 목소리로 담당 피디가 말했다.

"어쩔 수 없네요. 남 작가님이 출연하셔야겠네요."

와~ 이 무슨 황당 시추에이션!

최근 몇 년 사이에 예능 프로그램의 작가들이 가끔 방송에 얼굴을 내밀기는 했지만 교양 프로그램에서 담당 작가가 방송을 탈 일은 거의, 아니, 거거의 없다. 그렇다고 방송을 펑크 낼 수도 없고, 한마디로 미치고 팔짝 뛸 노릇이었다. 밤새 잠이 안 왔다. 그때부터 난 눈에 불을 켜고 내가 쓴 원고를 내가 출연하는 상황으로 수정했다.

그리고 아침. MC는 오늘의 주인공에 대해서 간략하게 설명한 다음, 안타깝게도 출연자가 부친상을 당해서 출연할수 없게 됨을 알렸다. 그리고 출연자 자리에 인터뷰를 직접한 담당 작가가 대신 나와서 갈등 내용을 브리핑할 거라고말했다. 고정 패널들은 처음 겪는 이런 상황이 재미있다는듯, 담당 작가도 한번 당해봐라, 그래야 우리가 얼마나 힘든지 알지, 하는 약간은 얄궂은 표정으로 나에게 질문을 해대기 시작했다. 1분은 10분처럼 길었고 부디 이 곤혹스러운 시간이 빨리 끝나기만을 바라며 방송을 했다.

그런데 원고대로 모든 걸 마치고 이제 내가 감당해야 할 분량은 끝난다 하는 순간, 여자 MC가 원고에 없는 즉흥 질문을 던졌다.

"담당 작가로서 이분을 인터뷰하고 난 후, 어떤 생각이 들었나요?"

어떤 생각? 사실 별다른 생각을 하진 않았다. 왜냐하면 난 그 남자의 고민을 아이템으로서만 접근했기 때문이었다. 그리고 그 고민에 대해서 최고의 전문가들을 모아서 해결책을 주면 된다, 라는 생각뿐이었다. 순간 머리가 하얘졌다. 순간이지만 MC도 나를 골탕 먹이고 싶은 건가 별의별 생각이 다 들었다. 그렇다고 마냥 지체할 순 없었다. 내가 입을 다물고 있는 시간이 길어지면 길어질수록 채널은 돌아간다. 나는 그 남자를 인터뷰하고 돌아섰을 때 스치듯 했던 생각들을 정리해서 말했다.

"이분과 인터뷰하는 내내 너무 가슴이 아팠습니다. 그리고 인터뷰가 끝난 후 든 첫 번째 생각은 이분의 고민은 이분 탓이 아니라는 생각이 들었습니다. 이분은 장모님한테 인정받기 위해 자신이 할 수 있는 최선의 노력을 다했던 분입니다. 오늘 이 방송을 통해 그분의 고통이 조금이라도 덜어질 수 있기를 간절히 바라겠습니다."

신기하게도 시청률은 잘 나왔다. 아무래도 프로그램 초유의 사태에 사람들이 신기했는지, 이 프로그램을 만드는 작가가 저렇게 생겼구나 신기했는지 그건 나도 모르겠다.

핑계를 대자면 그 당시 난 매일 누군가의 심각한 가정사를 들어야 한다는 것에 상당히 지쳐있었다. 보통 한 사람당 인터뷰 시간이 2~3시간. 그들은 마치 이 세상에서 담당 작가가 판사라도 되는 듯 자신의 사연을 구구절절 얘기를 하고 싶어 안달을 내지만 내 입장에서야 얽히고설킨 가정문제를 듣다 보면 몸도 마음도 같이 아파져서 방송에 필요한 내용만 인터뷰하고 돌려보낸 적이 많았었다. 너무 죄송했다.

여하튼 갑작스런 그 남자의 부친상으로 방송 출연을 하고 난 후, 참 많은 생각을 하게 됐다. 무엇보다 지금까지 내 방송에 출연해준 일반인들 한 분 한 분이 너무 소중하고 고마워졌다. 어쩜 그 당시 방송 판에서 10년을 넘게 구른 나도 카메라 앞에 서려니 그렇게 떨리고 잠이 안 오는데 방송과는 상관도 없던 분들이 카메라 앞에 설 결심을 하고, 심지어 자신의 아픈 얘기를 털어놓아 줬을까 존경스럽기까지 했다. 그 생각이 들자 그 남자의 부친상을 의심한 내가 너무 부끄러웠다.

내일 방송을 걱정하기 전에 처갓집 비위를 맞추느라 정

가족은 사랑일까 아픔일까

작 본가에는 아들 노릇도 제대로 못 했을 그 남자의 도저히 갚을 수 없는 아버지에 대한 부채의식을 걱정했어야 될 일이었다. 그날 이후, 나는 좀 더 따뜻한 작가가 되기로 결심했다. 그리고 그다음부터는 출연자들에게 원고 내용을 설명하고 숙지시키기보다는 갑작스런 나의 출연 경험을 얘기해드리며 나 같은 방송장이도 떨려서 잠이 안 왔으니 떨리는 게 당연하다, 실수해도 괜찮다, 오히려 실수는 생방송의 묘미니까 욕만 빼고 다 하시라는 우스갯소리까지 하면서 마음을 풀어드린다.

원고대로 방송이 흘러가고 출연자들이 원고를 달달 외워 방송이 매끄럽게 진행되는 게 완벽한 게 아니었다. 때론 순서가 뒤집히고 출연자가 실수를 하더라도 방송을 본 시청자들이 위로받을 수 있고 출연자가 마음의 고통을 조금이라도 덜 수만 있다면 그게 진짜 '완벽'한 상담 방송이었다.

벌써 8년 전의 일이다. 그 남자의 고통이 지금도 현재 진행형이 아니었으면 좋겠다.

아내의 눈이 된 남자

연일 30도를 훌쩍 넘는 무더위, 가만히 있어도 짜증이 나던 그해 여름에 인천의 한적한 동네에서 아주 조그맣게 경정비 카센터를 운영하고 있는 오십대 부부를 만났다. 부부는 마라토너였다. 정확하게 말하면 아내는 '시각장애인 마라토너', 남편은 아내의 '가이드 러너'였다. 마라톤을 한다는 사람들 사이에서 이미 유명인인 부부였다.

그도 그럴 것이 부부는 1년에 60회 이상 마라톤 풀코스를 뛰었고, 나와 만나기 한 달 전엔 드디어 우리나라 시각장애인 최초로 울트라 마라톤 그랜드 슬램을 달성하기도 했다. 울트라 마라톤은 풀코스 이상을 뛰는 걸 의미하며 그랜드 슬램이란 국토 횡단, 종단을 세 번 이상을 달성한 경우를 말한다. 모름지기 우리나라 국토 횡단은 최소 300km가 넘고, 종단의 경우 최소 500km가 넘는다. 시간으로 따지면 100시간 이상을 쉬지 않고 달려야 하는 거리다. 신체 건강한 남자도 42.195km에 인간의 한계를 느낀다는 마라톤에서 앞도 보이지 않는 시각장애인 오십대 여인이 울트라 마라톤 그랜드 슬램 달성이라니!

부부를 만났을 때, 두 사람은 여전히 그랜드 슬램 달성의 기쁨에 들떠있었다. 카센터 한 귀퉁이를 잘라 만든 두 평도 채 안 되는 옹색한 살림 공간에서 선풍기 바람에 의지한 채 시작된 인터뷰였지만 부부의 이야기에 어느새 폭염은 저만치 달아난 후였다.

사십대 초반까지 부부는 그저 평범한 여느 부부들과 다를 게 없었다. 젊은 시절엔 나름 뜨겁게 연애를 해서 결혼을 했지만 결혼생활이라는 게 대부분 그렇듯, 녹록하지 않은 삶의 풍파 속에 허덕이며 살다 보니 달콤한 사랑의 감정이 언제 있기나 했었냐는 듯 그저 지지고 볶는 일상이 이어졌다. 남편은 기름밥의 고단함을 퇴근 후, 한잔 술로 달래는 일이 잦아졌고, 육아와 살림은 오롯이 아내 몫이 되었다.

신혼 초 서로 다름을 알아가며 치열하게 주도권 다툼을 하던 시기를 지나 20년 가까이 함께 살다 보니 언성 높일 에너지도 없어져 버린 그런 때, 아내는 자신의 눈이 차츰 어두워짐을 느끼기 시작했다. 단순 노안이 시작된 거겠지 하며 가볍게 들른 병원에서 그녀가 전해 들은 병명은 희귀병인 '베체트병'이었다.

베체트병은 몸의 면역기능에 이상이 생기는 일종의 혈관 염증으로 작게는 입안이 허는 증상이지만 심각할 경우 장기에 염증이 생기는 무서운 병으로, 현대 의학으로는 완치가 어려운 병이다. 아내가 병원을 찾았을 땐 염증이 하필 눈으로 오기 시작한 상태였고, 그날로부터 10년이 지난 후, 아내는 더 이상 사랑하는 가족의 얼굴을 조금도 볼 수 없는 전맹의 시각장애인이 되었다.

남편이 처음부터 아내의 '가이드 러너'를 한 것은 아니었다. 처음엔 다른 비장애인이 아내의 '가이드 러너' 역할을 했었단다. 점차 아내의 체력이 좋아지고 달릴 수 있는 거리도 늘어나면서 문제가 생겼다. 시각장애인의 가이드 러너를 한다는 건, 본인이 직접 뛰는 것보다 몇 배는 어려운 일이다. 앞이 보이지 않는 시각장애인의 특성상, 달리다 보면 정해진 궤도를 이탈해 밖으로 튀어나가는 경우가 생기는데 남이 그 위험을 무릅쓰기란 쉽지 않기 때문이다. 결국 남편은 아내의 가이드 러너가 되어주기로 결심하고 함께 뛰기 시작했다.

"당신이 뛰는 오른쪽 두 팔 길이쯤 너머 코스모스가 십만 송이쯤 피어있거든. 그런데 당신을 보고 씽긋 웃는다. 힘내라고."

"진짜? 색깔은?"

"아주 가지가지야. 흐린 핑크색도 있고, 좀 더 진한 자주색 같은 것도 있고, 지금 이 길엔 진한 자주색 코스모스가 세 배는 더 많은 것 같아."

"당신 달리는 저 멀리 앞쪽으로 산등성이가 보이는데 그 사이로 구름이 살짝 걸쳐있는 게 당신 젊었을 때 통통한 볼 같이 생겼어."

"에이, 거짓말."

"진짜야~."

얘기만 듣고도 한눈에 그림이 그려지도록 남편은 쉬지 않고 아내에게 속삭여준다. 그러다 안정적인 코스에 접어들면 꼭 잡고 있던 아내의 손을 슬쩍~ 놓아준다. 언제나 남편 손에 의지해 달리던 아내가 비록 짧은 거리이긴 하지만 부드러운 바람의 숨결을 오롯이 혼자의 힘으로 느낄 수 있도록. 그건 앞을 보지 못하는 아내에게 남편만이 해줄 수 있는 특별한 선물이었다.

아내는 남편의 목소리를 통해 변해가는 계절을 느끼고 세상을 느낀다. 그렇게 부부는 10년이 넘는 시간 동안 서로가 서로에게 가장 소중한 존재가 되어 달리고 있었다.

인터뷰를 마칠 즈음, 부부의 얘기가 인상적이었다. 아내가 아프지 않았다면 자기도 그냥 여자들 뒷담화에 단골 메뉴로 등장하는 그런 남편에 불과했을 거라며. 오히려 아내가 아프면서 좋은 남편으로 살 수 있게 되었으니 너무 다행이라며. 지난 20년간은 아내가 자신을 위해 희생했으니 이제 남은 20년은 자신이 아내를 위해 살 거라며. 남편이 아니었다면 자신은 이미 죽은 목숨이나 다름없는 삶을 살았을

거라며. 앞 못 보는 자신을 위해 그 길고 험한 길을 함께 뛰어줄 남자가 세상 천지에 어디 있겠냐며. 마치 앞이 보이는 듯, 남편을 사랑스럽게 바라보는 아내의 표정을 몇 년이 지난 지금도 난 잊을 수 없다.

그즈음 난 이혼을 심각하게 생각하고 있었다. 생활에 찌들어 대화는 사라져가고 있었고, 남편만 아니었더라도 내가 이 고생을 할 필요는 없었을 거라며 남편에 대한 원망만이 쌓여가고 있던 어느 날, 중학생 딸아이에게 조심스레 이야기를 꺼냈다.

"엄마가 말이야, 사실은 아빠 때문에 많이 지쳤거든. 너도 이혼이 뭔지 알지? 엄마, 아빠 따로 사는 거. 따로 산다고 해도 엄마, 아빠가 사라지는 건 아니니까 걱정할 필요는 없고…."

내 얘기를 심각하게 듣던 딸이 질문을 던졌다.

"엄마는 왜 약속을 지키지 않아요?"

"약속? 무슨 약속?"

"엄마 아빠 결혼할 때, 약속하지 않았어요? 눈이 오나 비가 오나, 힘이 들 때에도 서로 사랑하며 살겠다고."

그랬다. 약속을 했었다. 마치 영원할 것처럼. 그런데 살다보니 어느새 그 약속을 잊고 있었다. 그리고 어느 순간, 힘든 순간이 찾아왔을 때 이 상황을 이겨내야지 하는 생각보다 벗어나고 싶다는 생각이 커졌다. 부부란 이익을 남겨야 하는 장사가 아니라 한쪽이 부족하면 한쪽이 채워가며 살아야 하는 것임을 알고 있었으면서도 저 사람 때문에 내 인생이 좀먹는다고 생각을 했었다. 남편의 자리가 돈만 벌어다 주면 다 되는 그런 자리가 아니었음에도 불구하고 어느새 내가 그 정도로만 남편의 자리를 규정짓고 있었다. 그게 채워지지 않으니 필요 없는 존재가 된 것이었다.

어쩌면 진정한 부부란 내가 만난 마라톤 부부의 모습이어야 하지 않을까. 위기 때문에 사이가 멀어지는 것이 아니라 위기를 통해 더 단단히 봉합되는 그런 관계. 그들은 내가 만나본 부부 중에 최고로 아름다운 사랑을 하는 부부임에 틀림없었다.

모세의 기적

；

　　한 엄마가 있다. 웬만한 사연엔 꿈쩍도 안 할 정도
로 강한 사연에 닳고 닳은 나를 사전 인터뷰 내내 울렸던 엄
마였다. 그 인물은 바로 모세 엄마, 조영애 씨다.

　　그녀가 세상에서 가장 사랑하는 아들, 모세는 복합장애
1급의 장애인이다. 난 모세를 만나기 전까지만 해도 복합장
애란 말을 알지 못했다. 지적장애, 지체장애, 발달장애는 들
어봤어도 복합장애는 처음이었다. 복합장애란 말 그대로
여러 영역의 장애를 모두 갖고 있다는 얘기다.

　　모세의 경우, 뇌는 3~4세 수준이며, 오른쪽 편마비가 있
어 스무 살이 넘은 나이에도 수시로 경직이 찾아왔고, 시각
장애도 있었다. 그런데 엄마의 표정도, 아들의 표정도 어찌
나 밝은지, 세상 가장 행복한 모습의 모자 덕분에 몇 년 치 흘
릴 감동의 눈물을 그날 난 다 흘렸던 것 같다. 그리고 이 글
을 쓰는 지금도 그날의 감동이 떠올라 눈시울이 붉어진다.

　　엄마는 이미 모세를 임신했을 때 알았다. 모세의 상태가
심각하다는 걸. 임신 5개월이 지나도록 태동도 없었던 데다
가 정밀검사 결과, 뇌 뼈가 절반밖에 만들어지질 않아 뇌 속
에 있어야 할 장기들이 뇌 뼈 밖으로 흘러나온 상태였다. 어

차피 낳아도 살 수 없는 아이라며 수술을 권하는 의료진의 말을 듣고 수술대 위에 오른 순간, 엄마는 모세의 태동을 처음으로 느꼈다고 한다.

미약한 움직임이나마 살아있다고 힘겹게 외치고 있는 어린 생명을 엄마는 차마 포기할 수 없었다. 그렇게 모세는 세상에 태어났다. 임신 검사에서 보았듯 뇌 속의 장기들 절반 이상이 밖으로 흘러나온 채. 감염을 막기 위해 밖으로 튀어나온 뇌 속 장기들은 수술을 통해 절제를 할 수밖에 없었다. 결국 모세는 뇌의 10%만 남긴 상태에서 병원 문을 나왔다.

반복된 수술과 입원으로 가족의 형편은 순식간에 나빠지기 시작했다. 집을 줄이고 줄여 통기도 제대로 되지 않는 반지하 방으로 이사한 날, 아픈 아기에게 병균이라도 옮을까봐 벽지에 핀 곰팡이를 연신 닦아내며 엄마는 평생 흘릴 눈물을 다 흘렸다고 한다. 그리고 그날 이후 엄마와 가족의 기도는 하나였다. 무조건 살아있게만 해달라는….

간절한 기도가 통했던 걸까. 살 수 없을 거라는 의료진의 예상을 깨고 모세의 뇌는 자라면서 70%까지 차올랐다. 그리고 복합장애를 갖고 있긴 하지만 모세는 지금까지 살아있다. 그것도 아주 밝은 모습으로. 그리고 노래를 부른다. 성악을 전공하는 대학생이 되어 곳곳에 기적을 전하고 있다. 모세 엄마를 만나고 돌아오던 날, 나를 포함한 세상의 많은 엄마들이 너무 많은 욕심을 갖고 살고 있는 건 아닐까 싶었다. 그리고 엄마로서 결심을 했다. 몸도 마음도 건강만 하면 된다. 그 이상 바라는 건 사랑이 아니라 욕심이다.

장애 자녀를 둔 부모들을 여럿 만나봤다. 그들이 호소하는 고통 중에 가장 큰 것은 장애 자녀를 키울 경우, 부부가 이혼하는 경우가 많다는 것이다. 특히 첫애가 장애를 갖고 태어났을 경우는 더 그렇단다. 처음엔 내 아이가 장애인이라는 사실을 받아들일 수 없다가 나중에 그게 상대방의 탓이 되고, 엄청난 병원비를 감당할 여력이 없어 가정이 해체되는 경우가 비일비재하단다. 너무 안타까운 현실이 아닐 수 없다.

여기에는 장애인에 대한 사회적 편견도 그렇지만 장애 아동 치료를 위한 사회적 제도가 너무 미흡하다는 데도 원인이 있다. 장애 아동을 돌보는 데 드는 엄청난 비용이 고스란히 가정으로 전가되는 현실에서 가족 해체는 어쩌면 당연한 수순이 되고 있는 것인지도 모른다. 이런 현실 속에서 심각한 장애가 있다는 걸 뻔히 알면서도, 태어나도 살 수 있을지 없을지도 불명확한 걸 알면서도, 살아도 평생 짐이 될 수 있다는 걸 알면서도 모세의 엄마는 모세를 낳았다. 그 선택의 책임을 고스란히 끌어안은 채 말이다.

그리고 살아있다는 것 자체가 기적인 모세는 많은 사람

들을 위로하는 노래를 부른다. 모세가 하루하루 보여주는 기적은 엄마의 기적이다. 엄마란 이름은 그렇게 위대하고 경이롭다.

외로움은 결코 늙지 않는다

〈아침마당〉을 집필하면서 어르신들을 참 많이 만났다. 그중에서 수요일 코너였던 '나의 두 번째 짝을 찾습니다'라는 코너는 내가 만난 수많은 외로운 어르신들 덕분에 탄생한 포맷이었다. 연배로 보나 경험치로 보나 내 눈에 인생 9단은 되어 보이는 그런 연배의 어르신들도 혼자 있는 분들은 대부분 외로움을 호소했다. 자녀를 잘 키우는 것이 당신 인생의 절체절명의 목표인 양 눈코 뜰 새 없이 바쁘게 살다가 그 목표가 달성되고 나면 마치 탈피하고 남겨진 껍데기처럼 빈 쭉정이가 되어 텅 빈 삶을 살고 계신 분들이 너무나 많았다.

"〈아침마당〉 작가니까 여러 사람 만나고 다닐 거 아니요. 나처럼 혼자 사는 사람 중에 좋은 분 있으면 소개 좀 해줘요."

"저희 어머니는 늙으니까 남편도 귀찮다면서 혼자 사는 분이 부럽다는데요."

"그건 배부른 소리예요. 이 나이 되면 자식도 필요 없어요. 가려울 때 서로 등 긁어줄 사람이 최고지."

처음엔 농담이시겠거니 웃어넘겼지만 워낙 그런 분들을 많이 만나다 보니 진짜 내가 어르신들을 위한 연결고리가 좀 되어볼까 하는 생각이 들었다. '재혼'이라는 단어는 딱딱하기도 하지만 부담스러우니 "두 번째 짝"이라고 표현했다. 꼭 결혼이 전제된 만남이 아니더라도 어린 시절, 티격태격 싸우면서도 정들었던 짝꿍처럼 그 연세에도 이성 친구를 만들어 덜 외로우셨으면 하는 바람을 표현한 타이틀이기도 했다.

한 달 정도 기간을 정해놓고 두 번째 짝을 찾고 싶은 분들의 신청을 받았다. 예상대로 폭발적인 신청이 이어졌다. 담당 피디와 나는 대원칙을 하나 정했다. 어르신이 직접 신청을 한 경우보다 자녀들이 혼자된 부모님의 두 번째 짝을 찾아주고 싶다고 신청한 경우를 최우선으로 방송해서 짝을 찾아드리자는 거였다. 그 이유는 다른 게 아니다. 하루가 다르게 평균 수명이 늘어나는 세상에서 어르신들의 재혼에 대해 남부끄럽다는 식의 낡은 편견을 깨고 자녀들의 응원하에 짝 찾기를 해드리고 싶다는 제작진의 의지였다. 그러나 얼마 지나지 않아 난 깨달았다. 자녀들은 부모님의 외로움 따위에는 별 관심이 없다는 사실을.

"어머니, 저희 프로그램에 신청한 거, 자녀들이 아니요?"

"얘기하면 창피하다고 펄쩍 뛸 거 같아서 아직….”

"저희는 사적으로 짝을 찾아드리는 게 아니라 공개적으로 짝을 찾는 거라서 어차피 알게 될 테니 얘기하시는 게 좋

아요. 그래도 신청하시겠어요?"

신청 안내를 보고는 자신 있게 전화를 하셨다가 막상 담당 작가를 만나 면대면 인터뷰를 하는 과정에서 내가 던지는 질문에는 주춤하시는 분들이 많았다. 하지만 망설임도 잠시, 대부분의 신청자들은 큰 결심을 하셨다는 듯 결연한 표정으로 말씀하셨다.

"신청해주세요."

인생 살 만큼 살아서 웬만한 일엔 끄떡도 없을 것 같은 당신의 부모님들도 사실은 외롭다. 내가 어르신들을 만나본 바로는 외로움은 절대 늙지 않는다. 약해지지도 않는다. 오히려 외로움이란 감정은 나이가 들면 들수록 더 깊어지고 강해진다. 이유가 왜인지 아는가. 자신 앞으로 남겨진 시간이 얼마 되지 않는다는 불안감, 그리고 그 남은 시간이 어차피 오늘보다 나을 일은 없다는 불안감 때문이다. 그래서 우리의 부모님들은 불안감의 크기만큼 절박할 수밖에 없다.

몇 해 전, 아버지를 여의고 혼자된 엄마에게 남자친구가 생겨서 고민이라는 사십대의 여성과 인터뷰를 했다. 어머니에게 남자친구가 생긴 게 왜 고민이냐고 했더니 엄마의 남자친구가 이상한 남자 같아서란다. 그럴 수 있겠다 싶었다. 워낙 매스컴에서 황혼 재혼에 대한 흉흉한 얘기들이 많으니 자식 입장에서는 세상 물정 모르는 엄마가 걱정일 수도 있겠다 싶었다. 도대체 엄마의 남자친구가 어떻게 이상하냐고 물어보니 돌아오는 답은 간단했다. 일단, 화장을 안 하던 엄마가 화장을 하고 다니기 시작했고 옷이 화려해지기 시작했단다.

"엄마가 화장도 하고 옷도 예쁘게 입으면 더 젊어 보이고 좋죠, 뭐. 에너지도 생기신 것 같은데…."

"우리 엄마는 그런 사람 아니었거든요. 그 아저씨 때문에 바람이 든 것 같아요."

"제 생각엔 혼자 계신 어머니가 덜 외롭고 좋을 것 같은데…."

나와 여성의 대화는 꽤 긴 시간 같은 자리를 맴돌았다. 심지어 '그 아저씨는 이상한 남자야'라고 정해놓고 말을 하는 듯한 느낌마저 들었다. 정확한 근거나 물증(?) 없이 온통 추측뿐이니 그럴 수밖에…. 그러다 마침내 난 그 여성의 속내를 알게 되었다.

"그 남자, 돈이 별로 없는 남자인 거 같아요. 생전 용돈 부족하다는 얘기를 안 하는 엄마가 그런 얘기를 하지 않나. 그러다가 엄마 명의로 된 집이 그 남자 때문에 어떻게 될까 봐…."

바로 그거였다. 그 여성은 엄마를 걱정하는 게 아니었다. 엄마의 집을 걱정하는 거였다. 좀 더 정확히 말하면 외동딸인 자신에게 결국 오게 될 그 집이 그 남자의 집이 될까 봐 걱정하는 거였다.

물론, 그 여성의 말처럼 그 남자가 이상한 남자일 수도 있다. 하지만 내가 보기엔 그 근거가 너무 속 보였다. 그 집을 걱정하기 전에 생전 화장도 안 하고 꾸밀 줄도 모르던 엄마가 다시 여자로 보이고 싶었던 그 마음을 먼저 살펴줬다면 어땠을까. 혼자된 엄마가 도대체 얼마나 그동안 외로웠던 건지, 그리고 그 남자친구를 만나며 어떤 게 가장 행복하고 좋았는지를 먼저 물어봐 줬다면 어땠을지 말이다.

적어도 내가 느낀 노년의 사랑은 이성에 대한 끌림보다는 외로움에 기반한 경우가 더 많았기 때문이다. 혹여 부모님이 재산이 너무 많아 그 재산이 눈에 아른거린다면 부모님과 합의하에 미리 법적 조치들을 해놓으면 되는 거다. 대단한 효도를 하자는 게 아니다. 조금 살펴보라는 거다. 대부분의 부모님들은 큰 걸 바라지 않는다. 빤한 전화 한 통화, 빈말에 가까운 걸 뻔히 알면서도 듣고 싶은 인사 한마디였다.

다 늙은 당신의 엄마, 아빠는 오늘도 외롭다. 바로 젊은 우리들처럼.

고부갈등 해결을 위한 삼자(三者) 원칙

;

    가족갈등상담 프로그램을 하던 시절, 들어오는 사연의 절반 이상은 바로 '고부갈등'에 관한 내용이었다. 세상은 변해서 시어머니의 입지는 좁아진 반면, 며느리의 발언권은 과거에 비해 상당 부분 세졌는데도 여전히 대한민국의 수많은 며느리들이 고부갈등으로 힘들어하는 이유는 뭘까? 그것은 아마도 시대가 달라졌다고 해도 자식에 대한 부모의 희생은 여전하며, 희생에 대한 보답은 바로 효도라고 생각하는 뿌리 깊은 의식 때문이 아닐까 싶다. 내가 만난 그 어머니 역시 며느리와의 갈등 때문에 하루가 다르게 말라가고 있다고 했다.

  지병을 앓던 남편과 일찌감치 사별을 하고 행상까지 해가며 키운 의사 아들을 가진 어머니였다. 의사가 되는 순간 열쇠 세 개는 기본이겠거니 했던 시어머니 눈에 평범한 집에서 나고 자라 고작 살림 정도 야무지게 하는 며느리가 눈에 찰 리가 없었다. 내가 어떻게 키운 아들인데 고생은 내가 하고 부귀영화는 낯선 여자가 누리는가 싶으니 며느리의 행동 하나하나가 좋게 보이지도 않았다.

  당신이 아들을 키우는 데 투자한 비용과 노력과 마음만

큼 며느리가 알아서 척척 시어머니를 받들었으면 하는 게 그녀의 바람이었다. 문안 전화도 매일은 아니더라도 이틀에 한 번은 받았으면 좋겠고, 적어도 일주일에 한 번은 맛깔난 반찬을 해 와서 냉장고를 채워줬으면 좋겠고 아들네의 살림 규모가 어떻든 간에 경로당에서 큰소리 떵떵 칠 만큼 매달 용돈도 받았으면 싶었다. 자기 눈에 다른 노인들은 아들며느리가 준 돈으로 해외여행도 자주 가는 것 같으니 당신도 기가 죽지 않으려면 적어도 계절별로 한 번은 외국행 콧바람을 쐬어주는 게 당연하지 싶었다.

그 며느리 역시 말라가긴 마찬가지였다. 의사라는 직업이 좋아 남편을 자빠뜨린 것도 아니고 우연히 모임에서 만나 자연스럽게 연애 감정이 싹텄고 결혼까지 하게 되었을 뿐, 세상이 어느 세상인데 아직도 의사 남편 만났다고 열쇠세 개를 바랄까 싶었다. 물론 그런 시어머니가 자신을 부족하다 생각하는 마음도 이해 못 하는 건 아니지만 살림 야무지게 잘하고 남편 내조 잘하면 시어머니의 섭섭함도 자연스레 사라질 것이라고 생각했었다. 하지만 그녀의 예상은 보기 좋게 빗나갔다. 어머니에게 그녀는 귀한 아들을 위해 내조 잘하는 며느리가 아니라 오로지 잘난 내 아들한테 착 달라붙어 아들이 힘들게 번 돈으로 호위호식하는 거머리 같은 존재일 뿐이었다.

며느리 입장에서는 자녀들이 커가면서 손 갈 일도 많아지고 돈 들어갈 곳도 많아지니 나름 알뜰살뜰 산다고 살아온 세월이었지만 생각 외로 살림이 쉽게 불어나질 않았다. 어쩔 수 없이 시어머니에게 들어가는 여러 가지 비용들이 아이들이 커가면서 조금씩 줄기 시작했고 그럴 때마다 시어머니의 원망과 불만은 더 커져만 갔다.

눈에 띄게 말라가는 건 시어머니와 며느리뿐이 아니었다. 둘 사이에 낀 의사 남편도 괴롭긴 마찬가지였다. 비린내 나는 생선을 머리에 이고 새벽부터 난전을 헤매며 고등어 한 마리, 꽁치 한 마리 더 팔기 위해 악다구니를 썼던 어머니의 모습이 눈에 선한데 아내는 어머니의 고생을 몰라주는 것 같았다. 물론 커지면 커졌지 절대 줄지 않는 어머니의 욕심이 아들인 자신도 힘에 부칠 때가 많았지만 그럴 때마다 '엄마가 날 어떻게 키워줬는데 내가 이런 마음을 가지면 나쁜 놈이지…'라는 생각 때문에 내적 갈등이 이만저만이 아니었다.

그런 시간이 길어지자 어머니를 보는 것도 아내를 보는 것도 부담 그 자체가 되었던 남편은 점점 밖으로 돌기 시작했다. 집에 일찍 들어가 봤자 아내의 징징대는 소리를 들을 게 뻔하니 되도록 아내가 잠든 시간에 귀가를 했고, 어머니 댁에 가봤자 마누라 하나 휘어잡지 못하고 사는 지질이 못

난 놈 소리를 들을 게 뻔하니 본가 발길도 뜸해졌다. 그럴 때마다 어차피 이건 자신이 해결할 수 있는 문제가 아니라며 회피를 합리화하고 있었다.

이것은 비단 좋은 직업을 가진 아들을 둔 시어머니와 평범한 며느리 사이에서나 있을 법한 고부갈등이 아니다. 수많은 고부갈등 사례자들을 인터뷰하며 내가 내린 결론은 '고부갈등'이란 아들을 키우는 데 들인 노력과 정성을 전혀 노력과 정성을 들이지 않은 며느리에게서 받으려고 하는 시어머니의 욕심과 그런 시어머니를 조금도 이해하고 싶지 않은 며느리의 옹졸함, 그리고 그 갈등에 어떠한 역할도 하고 싶지 않은 남편의 무력함이 만들어낸 합작품이었다. 따라서 고부갈등을 해결하기 위한 해법은 바로 그 지점에서 출발해야 한다.

우선, 시어머니는 자신이 공을 들인 사람은 아들이지 며느리가 아니라는 사실을 인정해야 한다. 따라서 보답은 아들에게 받으면 되는 것이지 며느리에게 강요해선 절대 안 된다는 것이다.

그렇다면 며느리는 어떠해야 할까? 시어머니는 시어머니일 뿐, 친정어머니가 아니라는 사실을 인정해야 한다. 따라서 시어머니가 하는 말과 행동 하나하나를 친정어머니가 하는 말과 하나하나 비교하며 섭섭해서는 안 된다. 세상 제일 미련한 며느리가 바로 딸 같은 며느리가 되려는 며느리다. 세상이 뒤집어져도 며느리는 며느리일 뿐 딸이 될 수 없다. 그러니 혹여 시어머니가 하는 말이 상처가 되걸랑 '시어머니니까 저렇게 말할 수 있어'라고 무심히 넘길 수 있어야 한다.

그렇다면 둘 사이에 낀 아들은 뭘 해야 하느냐? 첫 고부갈등이 생겼을 때, "어머니, 전 이제 어머니의 아들이기 전에 ○○의 남편입니다. 이제 제 삶의 일순위가 바뀌었으니 이해해주세요"라고 '공개 선언'을 해야 한다. 아들의 이런 선언이 엄청난 효과를 발휘하는 이유가 뭔 줄 아는가! 내가 만나본 대부분의 어머니들은 '아들은 편하게 생각해도 다 큰 아들은 어려워한다'는 사실 때문이다. 따라서 공개 선언을 통해 어제의 아들이 오늘의 아들이 아님을 명확하게 인지시키는 의식을 치러야 한다.

그렇다면 장서갈등은 어떻게 하냐고? 시어머니 자리에 장모님을! 아내의 자리에 남편을! 남편의 자리에 아내를 대입시켜 적용하면 된다.

나에게도 시어머니가 있다. 하지만 고맙게도 결혼생활 15년 동안 적어도 남편과의 갈등은 있을지언정 시어머니와의 갈등은 겪지 않고 있다. 내가 고부갈등으로부터 자유로울 수 있는 가장 큰 이유, 그건 모두 시어머니 덕분이다. 수

많은 고부갈등 사례자들과 인터뷰를 하면서 나의 시어머니가 대단하다고 느껴지던 어느 날, 어머니께 질문을 드렸다.

"어머니! 어머니는 어떻게 그렇게 아들에 대한 욕심, 아들에 대한 집착이 없어요?"

어머니의 대답은 단순 명료했다.

"이젠 네 거잖아. 내가 욕심부린다고 달라질 게 있겠니. 하하하."

"어머니~ 빙고~."

배우자를 선택하는 절대 기준

어릴 때부터 귀에 딱지가 앉게 듣던 말이 있다. 여자 팔자 뒤웅박 팔자란 이야기다. 처음에 그 말을 들었을 땐 무슨 말인가 했는데, 나이가 들고 보니 뒤웅박이 중요한 게 아니라 뒤웅박에 뭘 담느냐에 따라서 팔자가 달라진다는 말이었다. 다시 말해 여자는 어떤 남자를 만나 결혼을 하느냐에 따라서 인생이 달라진다는 말이기도 하다.

어릴 때는 내 인생은 내가 중요하지 왜 남자에 따라서 내 인생이 결정되어야 하냐며 그때마다 난 엄마한테 대들곤 했었다. 허나 지금까지 살아보니 하나 추가되어야 할 게 있다. 어떤 배우자를 만나서 결혼을 하느냐는 여자에게만 중요한 문제가 아니라 남자에게도 중요한 문제란 사실이다. 그만큼 결혼이란 한 사람의 인생에서 결정적 변수이며 이전엔 전혀 경험한 적 없는 미지의 세계로 들어가는 일이다. 부부상담 프로그램을 하면서 배우자 때문에 막장 드라마를 사는 수많은 여자와 수많은 남자를 만났다.

상업고등학교를 졸업하고 은행원으로 근무하던 그녀는 천리안이나 하이텔이 붐을 일으키던 시절에 법대생 남자를 만났다. 어린 시절 부모로부터 버림받고 집도 절도 없이 큰 남자였지만 그녀는 그 남자가 좋았다. 죽어라 공부해서 멋진 아빠가 되고 싶어 했던 그 남자의 꿈을 사랑했다. 사랑하는 여자를 위해 아무것도 해줄 수 없어 늘 불안해했던 남자를 위해 그녀는 과감히 결혼을 결심했고, 아내라는 든든한 위치에서 10년 가까운 시간 동안 물심양면 사법고시 뒷바라지를 했다. 하지만 합격이라는 달콤한 보상 뒤 따라오는 고통이 너무 컸다. 남편은 눈빛부터 달라졌다. 고졸 학력이 전부인 아내가 자신에게 맞지 않는 옷처럼 느껴졌는지 말끝마다 무시했고, 부부동반 모임에 그녀의 자리는 없었다.

남편은 아내와 15년째 전쟁 중이었다. 처음부터 책임은 없고, 권리만 있던 아내였다. 없는 집에 시집 와서 맞벌이를 하며 산다는 이유로 아내는 남편을 머슴 부리듯 부렸다. 퇴근을 하면 언제나 집안일과 육아는 남편 몫이었다. 조금이라도 남편이 마음에 들지 않으면 술을 마셨고 폭언에 외도를 일삼았다. 새로운 남자가 생길 때마다 아내는 이혼을 요구했지만 남편은 응하지 않았다. 그런 엄마나마 아이들에겐 엄마가 있는 게 낫다고 생각했기 때문이었다. 하지만, 아내의 폭언과 폭력, 외도는 갈수록 심해졌고 인내심의 한계에 다다른 남편은 아내와의 이혼을 결심했다. 막상 남편이 이혼 얘기를 꺼내자 아내가 난리였다. 이혼을 하자는 걸 보니, 여자가 생긴 게 분명하다며 직장이고 모임이고 전화를 해서 남편 주변 사람을 들쑤시기 시작했다.

　너무 힘든 남자를 선택한 여자도 있다. 그는 아내와의 사별 이후, 사춘기 남매를 키우고 있던 남자였다. 남자 혼자의 몸으로 두 아이를 정성스레 키우는 모습에 결혼 한 번 해본 적 없던 그 여자는 마음을 뺏겼다. 자신은 초혼이었지만 저렇게 책임감이 강한 남자라면 자신과 결혼을 한 후에도 좋은 남편이 될 거라고 믿었다. 하지만 그녀의 예상은 보기 좋게 빗나갔다. 아빠와 연애 시절엔 잘 따르던 아이들이 막상 새엄마가 되고 나니 달라졌다. 말도 안 되는 일로 어깃장을 놓고 학교에선 사고를 쳤다. 새엄마라서 구박한다는 말을 들을까 봐 아이들을 혼내지도 못했다. 아이들의 반항이 심해지면 질수록 남편도 아내를 대하는 게 차가워지기 시작했다. 일방적으로 아이들의 말만 들었고, 아내를 외면했다. 그 집에서 아내는 고립된 존재였다.

　부부간의 문제는 사실 부부만 아는 게 정답이다. 수십 년의 히스토리를 가진 사람들이 만나서 또다시 짧게는 몇 년에서 몇 십 년까지 살다 보니 문제의 본질을 단편적으로 해

석하기란 불가능하다. 하지만 말도 안 되는 부부 관계를 인터뷰하며 나의 퀘스천마크는 하나였다. 과연 어떤 배우자를 선택해야 이런 막장 드라마를 피할 수 있을까! 만약 배우자를 선택하는 가장 중요한 기준, 한 가지만을 꼽으라면 무엇이어야 할까?

어떤 사람은 그게 '경제적인 안정'일 것이고, 또 어떤 사람은 '좋은 집안'일 것이고, 또 어떤 사람은 '같은 취미'일 것이고, 또 어떤 사람은 '종교'일 것이다. 하지만 나에게 배우자를 선택하는 여러 가지 기준 중, 가장 중요한 한 가지만 꼽으라면 내 기준은 '매너' 있는 사람을 골라야 한다는 것이다.

내가 만난 수많은 비상식적인 부부 관계의 문제는 바로 사람과 사람 사이에 지켜야 할 '매너'를 지키지 않는다는 데 있었다. 부부 관계 역시 사람과 사람의 관계인지라 최소한 매너가 있는 사람이었다면 자신의 뒷바라지를 위해 10년간 고생한 아내를 투명인간 취급하는 파렴치한 행동은 하지 않았을 것이며, 남편의 책임을 따지는 만큼 아내로서의 책임도 다했을 것이며, 자신만을 믿고 기꺼이 아이들의 새엄마가 되어준 아내의 아픔을 외면하진 않았을 것이다.

부부 사이에 '매너'가 중요한 이유는 또 있다. 바로 '대화'를 가능하게 하는 절대 조건이 '매너'이기 때문이다. 부부 사이만큼 얽히고설킨 관계가 있을까. 그 얽힌 실타래를 풀 수 있는 건, 법도 주먹도 아닌 '대화'다. 그런데 '매너'가 없으면 '대화' 자체가 되질 않는다. 이렇게 되면 쉽게 말해 '협의 이혼'도 불가능한 것이다. 오죽하면 변호사들이 하는 말이 있다. '소송' 중에 가장 골치 아프고 지저분한 소송이 바로 '이혼 소송'이라고. 법까지 간다는 건, 대화가 되지 않는다는 얘기니까 말이다.

요즘 같아선 배우자뿐이 아니다. 애인을 선택하는 기준도 그래야 할 것 같다. 잊을 만하면 뉴스에 나오는 '데이트 폭력' 기사를 보라. '매너'가 있는 사람을 만나야 적어도 막장 드라마의 주인공이 되는 비극을 피할 수 있다.

마마걸, 마마보이는 결혼을 하면 안 되는 이유

；

집안의 늦둥이 막내딸인 나에겐 몇 살 차이 안 나는 조카가 있다. 어릴 때부터 야무지기로 동네에서 유명했던 내 조카는 중학교 땐 전교 1등에 외국어고등학교를 나와 대학교도 나름 알아주는 대학을 졸업했다. 결혼 또한 비교적 경제적으로 안정된 집안에 한눈에 보기에 성품도 유순한 남편감을 골라 축복 속에 결혼식도 올렸다. 누구나 한 번쯤은 살면서 자의든 타의든 삐딱선을 타기 마련인데 그때까지만 해도 조카의 삶은 반듯하고 시원하게 뻗은 고속도로 같았다.

1년에 서너 차례 연락하고 만나던 조카의 전화가 잦아지던 때, 뭔가 불행의 그림자가 다가오고 있음을 나는 직감적으로 느꼈다. 술이나 한잔 사달라며 나를 찾아온 조카는 심각하게 이혼을 고민 중이라고 했다. 결혼한 지 채 몇 년도 안 되었을뿐더러 곧 아기의 돌잔치를 앞두고 있는 상황에 이혼이라니.

조카의 가장 큰 고민은 바로 남편이 시부모님으로부터 벗어나지 못한다는 데 있었다. 무슨 일을 결정하든 부모의 뜻이 최우선이었고, 무리한 부탁이라도 부모가 한 부탁은 거절하지 못했다. 아내와의 대소사를 결정하는 일에도 무조건 부모님과 상의해야 했고 아내와 갈등이 생길 때조차 해결사는 자기 자신이 아닌 부모였다. 상황이 이렇다 보니 조카의 시부모님은 사사건건 둘의 일에 관여를 했고 그럴 때마다 도대체 자신이 남편이랑 사는 건지, 시부모랑 사는 건지 헛갈릴 지경에 이르렀다고 했다. 주변에선 좋게 생각하면 '효자'이니 참고 살라는데 이모의 생각은 어떠냐고 했다.

그 당시 나는 가족갈등상담 프로그램을 담당하고 있었던 때라 내 조카와 비슷한 갈등을 겪고 있는 부부들을 여러 팀 만나본 터였다. 결론부터 말하자면 나는 '이혼'에 손을 들어주었다. 내가 보기에 조카사위는 '효자'가 아니었다. 바로 '마마보이'였다. 얼핏 보면 비슷해 보이는 이 두 개념은 실로 전혀 다른 개념이다. '효자'란 내가 주체가 된 가운데 부모님의 뜻을 살피고 헤아리는 것이지만, '마마보이'란 내 주체성이 없는 상태에서 부모의 뜻에 휘둘리는 것이다. 주체성은 곧 삶의 뿌리와 같아서, 뿌리를 단단히 내리고 있는 '효자'와 뿌리가 없는 '마마보이'는 실로 하늘과 땅 차이인 것이다. 나는 고민하는 조카에게 '효자'와 '마마보이'는 전혀 다른 개념이라며 조카의 판단을 지지하겠다고 했다.

어쩌면 '마마보이', '마마걸'의 개념은 비교적 최근에 생긴 개념이 아닐까 싶다. 먹고살기 빠듯하면서도 기본 4남매, 5남매에서 7남매, 8남매를 낳던 시절엔 부모가 신경을 쓰고 싶어도 쓸 여력이 없었으니까 말이다. 그런데 요즘은 어떤 세상인가! 학원도 부모가 정하고, 학교도 부모가 정하고, 강의 신청도 부모가 해주고, 성적 이의제기도 부모가 하는 시대가 아니던가. 헬리콥터맘이 능력맘이 된 세상에서 아이의 인생은 스스로 결정하는 것이 아니라 부모에 의해 결정되어지는 세상이 되어버렸다.

이런 '마마보이', '마마걸'이 심각하게 문제를 일으키는 상황은 바로 결혼, 즉 독립된 가정을 꾸리면서부터다. 형태는 분명 독립이 되었는데 정서적으로 독립이 되지 못한 미성숙 인격체가 독립된 가정을 꾸리다 보니 기형적 문제가 발생하는 것이다. 가족상담 프로그램을 할 때, 부모 자식 간의 갈등 중 상당 케이스가 바로 이 '마마보이', '마마걸'의 문제였다.

내가 만난 '마마보이', '마마걸'은 몇 가지 공통점이 있었다.

첫째! 부모의 성격이 무척 강하다는 것이다. 자녀의 얘기를 들어주고 존중해주는 것이 아니라 부모가 답을 내려놓고 자녀가 그 답을 따라오지 않으면 폭력적 방법을 써서라도 자신의 뜻을 관철시킨다. 둘째! 자녀는 부모와 반대로 너무 유순하다는 것이다. 부모의 얘기가 온당하지 않다는 생각을 하면서도 부모의 말이라면 무조건 예스다.

그렇다면 유순한 자녀들이 커가면서 한 번도 강한 부모에게 반항을 하지 않았던 것일까! 아니다. 그들도 반항을 한 적이 있었다. 바로 사춘기 때다. 그런데 중요한 건, 그 반항이 전혀 먹히지 않았다는 공통점이 있었다. 사춘기란 어린 자녀가 부모로부터 정신적 독립을 해가는 중요한 시기이며 사춘기의 반항은 독립을 위한 필수적 과정이다. 그런데 그 중요한 시기에 좌절된 반항은 더 강한 부모의 통제를 부르고 그것이 반복되어 굳어지면서 그들에게 부모는 결코 거역할 수 없는 절대적 존재가 되어버린다는 것이 전문가들의 얘기다. 그러기에 '마마보이', '마마걸'은 살면서 고쳐지는 문제가 아니며 '마마보이', '마마걸'과 결혼을 하면 결혼 생활이 파행으로 치닫는 이유가 여기에 있다.

혹시 결혼을 앞두고 예비 시부모님들로부터 이런 자랑을 듣거든 조심, 또 조심해야 한다.

"우리 애는 사춘기가 없었어. 부모 말을 얼마나 잘 들었다고."

가족 때문에 힘들어하는 당신에게

;

　　사십대 후반의 그녀를 만난 건, 2012년 여름이었다. 당시 난 가족문제상담 프로그램을 하고 있었는데 그녀의 고민은 우리 프로그램에 심심치 않게 접수되는 고민 중 하나이기도 했다.

　　그녀의 어머니는 사십대 초반에 과부가 되었고 맏딸인 그녀는 어머니의 요구대로 초등학교를 졸업하자마자 남의 집 식모(요즘은 이런 표현 대신 가사도우미라는 표현을 쓴다)로 일을 했다. 갑작스럽게 남편을 떠나보내고 4남매를 키워야 하는 경제적 어려움을 맏딸인 자신과 나눠 지자는 엄마의 요구 때문이었다. 어떠한 결정도 내릴 수 있는 나이가 아니었던 그녀는 중학교도 진학을 하지 못한 채 남의집살이를 했고 그렇게 번 돈은 모두 어머니에게 드렸다. 3년 정도의 식모살이를 마친 이후에는 어머니가 아는 술집에까지 취직을 해야 했다. 그 역시 생활비를 나눠 져야 한다는 요구에서였다.

　　십대 중반부터 시작된 그녀의 엄마 뒤치다꺼리는 나를 찾아온 그 순간까지도 이어지고 있었다. 그렇다면 그녀의 어머니는 왜 그렇게 무리한 돈 요구를 하는 것일까? 그녀가 나이 들어 알게 된 진짜 이유는 바로 도박과 남자 문제였다. 물론 그녀의 엄마는 생활비 때문이라며 우겼지만 말이다.

이런 말도 안 되는 이유를 알면서도 엄마의 요구를 거절하지 못하는 이유는 다른 데 있었다. 자신이 친정 엄마의 요구를 들어주지 않으면 밑에 세 명의 동생들까지 괴롭히기 때문이었다. 심할 때는 가장 번듯한 직장을 다니는 바로 밑 동생의 직장까지 찾아가 마치 어머니를 돌보지 않는 패륜아처럼 난리를 치는 통에 직장에서도 곤혹을 겪고 있다고 했다. 세 명의 동생들에겐 가장 같은 누나였기에 자신의 고통보다 동생들의 고통을 막아줘야 한다는 책임감이 더 컸던 것이다.

결국 그녀는 엄마의 무리한 요구를 번번이 들어주다 남편과의 갈등까지 생겼으며 마침내 이혼을 당하고 말았다. 인터뷰를 하면 할수록 '엄마'라는 단어만 봐도 눈물 나는 희생은 그녀의 어머니에겐 없는 듯 보였다.

반대의 경우도 있다. 망나니 자식 때문에 평생을 괴롭게 사는 부모들도 많았다. 자랄 때야 철이 없으니 그렇다 치고 성인이 되고 난 이후에도 소위 말해 부모의 피를 빨아먹는 자식들이 많다. 그럴 경우 대부분의 부모들은 자신의 배 속으로 낳은 자식이니 어디다 하소연도 못 하고 고스란히 고통을 감내하는 경우가 다반사다.

도박 중독 전문가인 정신건강 전문의 신영철 박사님에 따르면 오십이고 육십이고 도박 중독인 자식들을 치료하는 자리에 노모가 따라오는 경우가 있다고 한다. 의사와 상담을 할 때도 자식이 대답을 하는 게 아니라 뒤에 따라온 어머니가 대답을 하거나 대답을 지시하는 경우도 있다고 한다. 그런 어머니들의 경우 자식의 도박 중독을 치료하고 싶어 병원을 함께 찾지만 막상 얘기를 나누다 보면 결국 자식의 노름빚을 부모가 계속 해결해주고 있는 경우가 많단다. 부모인 자신이 아니면 누가 해결해주겠냐는 것이 이유인데 결국 그런 부모의 잘못된 도움이 자식을 오히려 도박 중독의 늪으로 더 깊게 빠지게 한다는 것이다.

　형제간 때문에 시달리는 경우도 많다. 나를 찾아온 삼십 대 여성은 사업을 했다 망한 오빠의 빚과 생활비 때문에 몇 년째 시달리고 있었다. 처음엔 동생인 자신이 아니면 누가 도울까 싶어 도움을 주기 시작했지만 사업빚이라는 게 그렇듯 쉽게 해결되는 문제가 아니다 보니 결혼하려고 모아 둔 목돈은 물론 대출까지 받아서 오빠를 도와주게 되었고, 이젠 오빠의 전화번호만 자신의 휴대폰에 찍혀도 심장이 두근거리고 공포심이 생기는 상황이었다.

　그럼에도 불구하고 그녀가 오빠의 계속된 요구를 거절할 수 없었던 건, 울며불며 매달리다가 이도 저도 안 되겠다 싶으면 죽어버리겠다는 오빠의 겁박 때문이었다. 그럴 때마다 그녀는 이번이 마지막이라는 심정으로 오빠 부탁을 들어줬지만 그 부탁은 여전히 끝날 기미를 보이지 않고 있었다.

물론 방송에까지 나와 해답을 찾고 싶은 경우는 최악의 경우임엔 틀림없다. 하지만 경중은 다를지라도 여전히 우리 주변엔 가족이라는 끊을 수 없는 굴레에서 벗어나지 못하고 신음하는 사람들이 많다. 가족에 대한 연대 책임은 우리의 오래된 유교적 가치관이다. 유난히 혈연을 강조하는 사회적 분위기 속에서 피를 나눈 부모를 돕고 자식을 돕고 형제를 돕는 건 당연한 의무이자 도리였다. 이런 문제로 나를 찾아온 부모님들과 자녀들은 그 의무이자 도리를 유난히 잘 따르는 사람들이었는지 모른다. 하지만 가족 문제는 당해본 사람들만이 안다. 오죽하면 영화감독 기타노 다케시는 가족에 대해서 '아무도 안 볼 때 쓰레기통에 처박아버리고 싶은 것'이라고 했겠는가.

과연 '돕는다는 것'은 뭘까? '돕다'의 사전적 의미는 첫째, 어떤 일이 잘되도록 거들거나 힘을 보태는 것. 둘째, 위험한 처지나 어려운 상황에서 벗어나게 하는 것이다. 그런데 정작 내 가족의 일이 잘되도록 힘을 보태거나 어려운 처지를 벗어나게 하려는 일은 굴레처럼 반복되진 않는 게 보통이

다. 그리고 그런 도움은 보람이라도 있다. 하지만 '밑 빠진 독에 물 붓기'처럼 잘못된 부탁을 반복적으로 들어주는 건 결코 내 부모를 위하고, 내 자식을 위하고, 내 형제를 위하는 일이 아니다. 결론적으로 봤을 때, 당사자를 더 나락으로 빠뜨리는 일이며 도움을 주겠다는 가족 구성원마저 함께 나락으로 빠지게 되는 길이다.

무엇보다 '도움'은 내가 건재할 때 진짜로 가능한 일이다. 내 삶이 망가지고 피폐해지면 절대 제대로 된 도움을 줄 수 없다. 따라서 가족을 도와야 한다면 내 삶이 건재한지를 정확히 들여다보고 내가 돕고자 하는 그 행동이 일을 잘되게 하는 것인지, 위험에서 확실히 벗어나게 하는 것인지 냉철하게 판단해야 한다. 그리고 좋은 일에 힘을 보태는 게 아니거나 위험에서 100% 벗어나게 할 수 없다는 판단이 들 때는 과감히 'NO!'라고 말할 수 있어야 한다. 그리고 그 일에 있어서는 어떠한 죄책감도 갖지 말았으면 한다. 당신의 냉철한 판단이 오히려 가족을 바로 세우는 시작이 될 수 있으니까 말이다.

빛과 어둠의 나날

나를 살게 하는

삶은, 결코 이분법이 아니다

;

　　한 생명이 이승의 삶을 거두어 가면 산술적 계산만이 그 빈자리를 메운다. 남겨진 이는 망자의 은행 업무를 처리해야 하고 보험사와 얘기를 해야 하고 미처 처리하지 못한 카드 대금을 정리해야 한다. 남에게 줄 돈은 얼만지, 또 받을 돈은 얼만지 그런 것들 말이다. 그러나 뭐니 뭐니 해도 가장 잔인한 계산은 바로 죽음 값을 계산하는 일이다. 아버지가 사고로 갑작스럽게 떠나고 우리 가족 역시 가해자와의 합의를 해야 했다. 마음 약한 큰오빠는 도저히 그 자리에 들어갈 자신이 없다며 카페 밖에서 담배만 연신 피워댔다.

　　사십대 초반의 가해자가 우리에게 제시한 아버지의 죽음 값은 단돈, 천만 원. 시골에 계신 부모님은 몸이 아프고 자기는 월급쟁이라 두 애들 키우기도 빠듯한 상황이라고 했다. 세상 가장 불쌍하고 가장 가난한 사람처럼 읍소하며 제시한 돈이지만 어쩌면 그가 제시한 천만 원이라는 돈은 노동력을 상실한 팔십 노인의 죽음을 하찮게 평가하는 우리 사회의 객관적인 지표였는지도 모르겠다.

　　하지만 나에게 그런 사회적 지표는 의미가 없었다. 아빠의 죽음을 놓고 돈거래를 하고 있는 듯한 그 느낌도 너무 싫었지만 아무리 그래도 천만 원이라니. 받아도 그만 안 받아도 그만인 그 돈에 아빠의 치열했던 삶을 도매급도 안 되는 그 정도에 넘길 수는 없었다. 몇 번의 실랑이 끝에 마지못해 합의서에 서명을 해주고 말았지만 내 맘은 합의가 된 게 아니었다. 그 사람만 아니었다면 우리 아빠는 적어도 몇 년 안에 돌아가실 분이 아니었으니까. 모르긴 몰라도 누군가의 평온한 삶을 송두리째 앗아간 가해자라면 죗값을 톡톡히 받아야 한다고 그 순간 난 생각했었다.

그러다 얼마나 날이 흘렀을까. 햇볕 좋은 날. 아빠를 모셔둔 절에 들렀다. 추모당 안에 들러 절을 하고 나오는데 절 일을 봐주는 보살님이 조용히 날 부르신다. 어떤 남자가 와서 아버지 이름으로 등을 달아놓고 갔다며 인상착의를 말해주시는데 바로 그 남자, 가해자였다. 다시는 마주치고 싶지 않았을, 지울 수만 있다면 흔적도 없이 지우고 싶었을 끔찍한 기억을 찾아 제 발로 추모당에 왔을 그 남자의 심정은 어땠을까.

시간을 돌려보면 그날 아침, 마흔의 가장은 여느 때처럼 사랑스런 두 아이에게 뽀뽀를 해주고 출근길에 나섰을 것이다. 20만 킬로도 더 달린 덜덜거리는 소형차지만 적금을 타려면 적어도 1~2년은 더 버텨야지 하며 핸들을 잡았을 것이다. 네 식구의 밥줄이 걸려있는 회사에서 잘리지 않기 위해 다른 직원보다 조금 더 빨리 출근을 서둘렀을 것이다. 그에게 출근길은 그런 의미였을 것이다. 네 식구의 행복을 위해 고되지만 기꺼이 나서야 하는 생존의 길. 젊은 가장이 살기 위해 열심히 달렸던 그 길에서 그 역시 평생 지울 수 없는 상처를 입은 것은 아니었을까. 그렇다면 누가 가해자고 누가 피해자였던 것일까.

진짜 성인이 된다는 것

;

    다섯 살부터 스물네 살까지 내 삶은 부족함의 연속이었다. 다섯 살부터로 잡은 이유는 다섯 살 이전은 기억이 안 나서가 아니다. 나는 신기하게도 다섯 살 이전 기억이 많이, 그것도 생생하게 난다.

    그렇다면 왜 하필 다섯 살이냐. 적어도 내가 태어난 곳, 울진에서 살던 다섯 살까지는 부족함을 모르고 살았기 때문이다. 그렇다고 그곳에선 우리 집이 풍족했었던 건, 전혀 아니다. 그 나이엔 비교가 뭔지도 잘 몰랐거니와 시골 살림이란 게 대부분 그렇듯 옹색하기가 다들 고만고만했기 때문이었다. 더 넓은 물에서 살아보겠다며 무작정 둥지를 튼 서울에서 나는 우리 집이, 우리 가족이, 그리고 내가 부족함 투성이란 걸 알기 시작했다.

    그도 그럴 것이 시골에서 농사를 짓는 데 일제강점기에 태어나 한국전쟁을 겪은 아빠의 미천한 학벌이 문제가 될 리 없었고, 집 크기가 문제될 게 없었고, 아빠의 월급이 문제될 게 없었다. 그런데 새롭게 시작한 서울은 달랐다. 우리 집의 경제적 궁핍함은 내 삶의 곳곳에서 어린 나를 부끄럽게 만들었다.

시골 살림을 정리해서 우리 가족이 둥지를 튼 곳은 서울에서도 하필 성북동이었다. 왜 내가 하필이라고 하는지 대부분의 독자들이 눈치를 챌 것이라고 믿겠다. 성북동은 대대로 전통적인 부자 동네로 알려져 있었기 때문이다. TV 드라마 속에서 화려한 대저택 사모님이 전화를 받으면서 "네~ 성북동입니다" 하는 바로 그 동네. 부모 직업이 교수나 의사, 법조인은 물론이고 굴지의 재벌들이 몰려 사는 동네. 심지어 요즘은 돈 좀 있다 하는 연예인들까지 속속들이 세를 과시하듯 이사 오는 동네.

하필 난 그 동네에서 첫 서울살이를 시작한 것이다. 이래서 모든 일을 시작할 땐 자료조사가 중요하다. 우리 아빠가 성북동에 대한 자료조사를 조금만 했다면 우리가 첫 둥지를 부자 동네인, 성북동에 트는 그런 중대한 실수는 범하지 않으셨을 텐데 말이다.

초등학교 1학년 때, 같은 반 친구의 생일파티에 소수정예 멤버로 뽑혀 당당히 초대를 받았었다. 난 생일에 파티라는 걸 한다는 것도 그때 처음 알았다. 명색이 생일에 초대를 받았으니 빈손으로 갈 순 없는 법! 엄마를 졸라 연필 몇 자루를 샀다. 그리고 정성스럽게 포장도 했다.

기대 반, 설렘 반으로 도착한 친구의 집 앞에서 난 바로 알아버렸다. 내가 준비한 선물이 뭔가 잘못되었다는 걸. 친구의 집은 그야말로 으리으리했다. 육중한 대문을 열고 계단을 올라가자 전혀 딴 세상이 펼쳐졌다. 어린아이 눈이어서 그랬는지 몰라도 푸른 잔디가 끝없이 펼쳐진 정원이 꼭 태평양같이 넓었다. 고급스러운 홈드레스에 우아한 미소를 지으며 나를 반기는 친구의 어머니와 주인공답게 레이스가 가득한 핑크색 드레스를 입고 있는 나의 친구.

나는 도착부터 주눅이 들기 시작했다. 그런데 점입가경

이었다. 넓디넓은 식탁 가득 차려진 화려한 음식들도 눈이 돌아갈 지경인데 거실 한쪽에 생일파티 식순이 적혀있는 큰 종이. 나는 재빠르게 식순을 스캔했다. 역시 우려했던 대로 '선물 증정' 시간이 있었다.

다른 친구들은 이미 여러 차례 친구 집에 와본 듯 익숙하게 파티를 즐겼지만 나는 그 파티가 전혀 즐겁지 않았다. 다른 것은 아예 기억에서 지워버렸고, 내가 큰맘 먹고 준비한 그 선물을 친구에게 차마 '증정'하지 못했다는 것만 기억이 난다.

가난 때문에 능력이 있어도 하고 싶은 걸 못 하고 살 수 있다는 건, 초등학교 3학년 때 깨우쳤다. 요즘도 그렇지만 3학년 정도가 되면 새 학기마다 각 반별로 반장, 부반장, 각 부 부장을 뽑는다. 우리 때만 해도 반장, 부반장 후보는 반 석차 10등 안에 드는 열 명이 후보가 됐었다. 그중에서 투표로 반장, 부반장을 먼저 뽑고 나면 나머지 여덟 명 중에서 각 부 부장을 뽑는 형태였다. 학교 성적으로는 반장, 부반장을 충분히 할 수 있었지만 난 항상 기권을 했다.

우리 때만 해도 학급의 간부를 맡으면 그 엄마는 학교 문턱이 닳도록 드나들며 반에 필요한 것들을 물심양면으로 조달해야 했다.

특히 그 넓은 교실 창문의 커튼을 교체하거나 매달 치르는 환경미화의 날을 위해서 교실의 화초를 수시로 바꿔줘야 했고, 앞뒤 게시판을 꾸미기 위한 물품을 사다 나르는 것은 물론, 중간 중간 선생님들의 회식도 책임지던 그런 때였다. 아빠 혼자 벌어 여섯 식구 살기 빠듯한 우리 집 형편에 학급 임원은 언감생심이었다. 그때부터 나의 별명은 만년 새마을부장이었다. 부장들 중에서도 가장 끗발이 떨어지는 청소 담당, 새마을부장.

지금은 없어졌지만 학년이 바뀔 때마다 매년 적어 내는 '하얀 종이'도 미웠다. 부모님의 학벌, 직업, 심지어 수입도 구간별로 표시하고 집 안에 TV가 있는지 없는지, 세탁기가 있는지 없는지, 피아노가 있는지 없는지는 왜 매년마다 적어 내야 하는지…. 지금 생각해보면 적당히 뻥을 좀 섞어서 제출할걸, 거짓말을 하면 세상 뒤집힌다고 가정교육을 하신 부모님 때문에 너무 솔직하게 적었던 게 지금도 후회스러울 지경이다. 살아보니 그 정도 뻥에 세상은 눈썹 하나 까딱 안 하던데. 적어도 내 최소한의 자존심을 지키고 담임선생님으로부터 차별받지 않기 위해서 그 정도의 뻥은 쳐주는 게 미덕일 수 있었음을 난 너무 늦게 알았다.

하지만 부족함으로 점철된 인생들에도 반드시 해 뜰 시기가 온다. 그때가 언제냐. 바로 학교를 졸업한 이후다. 나역시 학교를 졸업하고 방송작가로 일하면서부터 슬슬 내 인생에 해가 비치기 시작했다. 그렇다고 그때부터 내 삶이 핑크빛으로 물든 건 전혀 아니다. 타고난 환경으로 평가받던 내 삶이 내 능력으로만 평가받는 삶으로 전환되었다는 뜻이다. 그때부터는 우리 집이, 우리 부모님이 중요한 게 아니었다. 오롯이 '나'의 실력으로 평가받았고 모든 것은 내 선택이었다. 바야흐로 지금까지 저평가된 내 삶을 끌어올릴 수 있는 절호의 기회가 온 것이다.

내가 내 부모를 선택할 수 없었고, 내 집을 선택할 수 없었고, 내 형제자매를 선택할 순 없었지만 학교를 졸업한 후, 내 일은 내가 선택할 수 있었다. 그때부터 난 이를 악물었다. 진입은 쉬워도 살아남기 어려운 방송 판에서 실력 있는 작가가 되겠다고 작심을 했다. 그리고 20년을 정말 최선을 다해서 살았다.

내가 자랄 때에 비해 수십 년의 시간이 흘렀고 사회는 진화했지만 여전히 나와 같은 경험을 한 친구들이 많을 거라고 생각한다. 부족함이란 어쩌면 사회가 발전하면 발전할수록 더 크게 느껴지는 상대적인 박탈감이니까 말이다. '가정환경조사서'라는 눈에 보이는 하얀 종이는 분명 사라졌지만 눈에 보이지 않는 '가정환경조사서'가 여전히 우리 사회 곳곳에 존재하는 것도 알고 있다.

하지만 여전히 성장기의 열등감 때문에 성인이 된 이후

의 삶도 지배당하고 있는 누군가가 있다면 그건 분명 상당 부분 자신의 책임임을 알아야 한다.

성인이 되고 나면 내 삶은 내가 하기 나름이다. 그래야 진짜 성인이다.

'때문'과 '덕분'은 한 끗 차이

．
，

　　고된 현실을 살아가는 많은 사람들이 그렇듯 나도 한때 죽음을 생각했던 적이 있었다.

　밝은 봄 향기로 가득한데 정작 내 마음은 꽁꽁 언 겨울처럼 시리기만 해서 차마 봄빛을 기대할 수 없던 그런 때였다. 그때 난, 퇴근을 하던 도로 위에서 내가 잡고 있던 핸들을 확 틀어 자연스럽게 내부순환로 난간을 들이받아 버리는 상상을 수도 없이 했었다. 하루 종일 일에 시달리고 집으로 들어가는 그 길이 차라리 나에겐 죽음을 생각할 만큼 고통스러웠었다.

　사업을 하는 남편으로부터 월급이란 걸 받아본 지가 언제였는지 생각도 안 나던 그때, 가장이 되어 살아야 하는 내 현실도 갑갑한데 살림이고 육아고 도와주는 사람도 없이 모든 걸 고스란히 나 혼자 감당하다 보니 몸도 마음도 한계에 다다랐던 그런 시절이었다. 내가 지은 죄라곤 열심히 산 죄밖에 없는데 내 상황은 왜 이렇게 계속 고단해야 되는지 모든 게 원망스럽기도 했었다. 그렇다고 어디에 하소연을 할 수도 없었다. 그럴 때마다 난 속으로 팔자 타령을 했던 것도 같고 도대체 나란 여자는 나라를 몇 개 팔아먹었던 걸까 말도 안 되는 전생 타령을 했던 것도 같다. 하지만 어느 순간부터는 팔자 타령이나 전생 타령으로는 도저히 내 마음을 달랠 수 없는 불가항력적 시간이 찾아왔다.

그즈음, 탤런트 선우용녀 선생님을 인터뷰할 기회가 있었다. 모 종편방송에서 녹화를 하시다가 뇌졸중 초기증상을 느꼈고, 곧바로 병원에 가서 진단을 받은 선생님이 1년 가까이 재활을 하면서 다시 연극무대에 오르는 그 시점이었다.

우리는 건강 얘기부터 선생님의 살아온 얘기까지 꽤 긴 시간 얘기를 나누었다. 그때 알았다. 선생님에게도 남편 때문에 상당히 힘든 시간이 있었다는 걸. 결혼식 날, 남편은 나타나지도 못하고 조폭이 나타나 빚보증에 대한 서류를 내밀었던 얘기며 험악한 분위기에 눌려 남편 대신 빚을 갚겠다고 서류에 도장을 찍고 그 돈을 갚기 위해 물불을 가리지 않고 연기를 해야 했던 얘기, 그러던 남편이 나이 들자 치매가 와서 몇 년간 자리를 보전하고 누워있었기에 일에 지쳐 파김치가 되고서도 집에 와선 남편의 병간호까지 하셨던 얘기. 그런데 선생님은 남편에 대한 원망이 없었다. 신기했다. 어떻게 그럴 수가 있지?

나는 자연스럽게 내 얘기를 하기 시작했다. 사업운이 없는 남편을 대신해 가장으로 살다 보니 남편에 대한 원망이 쌓여서 너무 힘들다는 얘기를…. 친정 엄마에게도 차마 하지 못한 얘기를 마치 선생님이 친정 엄마라도 되는 양 쏟아 냈다. 그런 나에게 선생님이 해준 말은, 무능한 남편이 아니었다면 자신이 그렇게 열심히 연기를 하지 않았을 거라고 하셨다. 살아야 했기에 주어진 역할에 최선을 다했고 그런 시간이 쌓이다 보니 피디들한테 인정도 받고 역할이 끊이지 않고 들어올 수 있었다고. 그러니 어떻게 보면 자신이 칠십이 넘은 이 나이에도 현역으로 살 수 있는 건, 무능했던 남편 덕분이 아니었겠느냐고.

생각해보니 나 역시 그런 부분이 있었다. 남편 월급만으로 살 수 있었다면 내가 과연 이렇게 치열하게 일을 하며 살았을까 싶었다. 내가 돈을 벌지 않고는 우리 가족이 먹고살 수 없고, 딸아이 교육도 시킬 수 없으니 내가 돈을 버는 건, 선택이 아닌 필수였다. 남보다 더 치열하게 아이템을 찾았고, 취재를 했고, 구성을 했으며, 원고를 썼다. 그런 시간이 쌓이다 보니 실력이 됐고 경력이 됐다. 남편 때문이 아니라 남편 덕분이었다.

물론 그날 이후 나의 원망이 감사함으로 전적으로 바뀐 건 아니다. 하지만 최소한 남편에 대한 원망은 상당 부분 줄었음을 인정하지 않을 수 없다. 생각을 그렇게 돌리고 나니 남편의 일은 자꾸만 어그러지는데 끝없이 일이 들어오는 내 상황에 괜스레 미안해지기도 했었다. 우리 집처럼 남편과 아내의 경제력이 완전히 뒤바뀐 경우, 자신의 열등감을 폭력적으로 푸는 남자들을 주변에서 심심치 않게 본 적이 있다. 내 남편은 최소한 그러지도 않았고, 자신을 대신해 가장의 짐을 지고 살아가는 아내에게 미안함은 가지고 있었으니 그것만도 최악은 아니라는 생각이 들었다.

때문과 덕분.

극과 극의 상황에서 쓰이는 두 단어가 실은 이렇게 한 끗 차이였다.

별난 응급처방전

;

　　딸아이를 임신했을 때 나도 10개월간 임신 일기를 썼었다. 병원에 가서 임신 사실을 확인했던 첫날부터 출산이 이루어진 열 달 동안 적어도 매일은 아니었지만 병원에 정기검진을 가는 날은 기본적으로 썼고, 사이사이 모성애인지 뭔지 모를 뭉클함이 발동할 때마다 일기를 적었다. 초심 자체는 감동의 순간을 기록하겠다는 순수한 의도였지만 나중에는 자기 잘나서 큰 줄 알고 까불 때 옜다, 하고 보여줌으로써 엄마가 이렇게 노력했던 사람이란 걸 보여주고 싶은 불순한 의도가 더 커졌었다.

　　얼마 전, 사춘기 딸아이에게 열 달간 쓴 나의 임신 일기를 넘겨주면서 깨달았다. 임신 중, 내가 느낀 감정의 변화가 딸아이를 키우는 상황에서도 그대로 반복되고 있다는 놀라운 사실을.

　　출산을 해본 엄마라면 알 것이다. "축하합니다, 임신입니다"란 의사의 말을 듣는 순간, 그 아이가 내가 원하는 성별이길 바라는 엄마는 거의 없다. 임신 첫 달, 엄마의 바람은 오직 하나!

　　다른 건 다 필요 없고 손가락 열 개, 발가락 열 개, 엄마 배

속에서 주 수에 맞게 잘 자라줬으면….

그러다 임신 4개월, 유산의 위험이 사라지고 안정기에 접어들면 슬슬 욕심이란 게 생긴다. 키는 누굴 닮았으면 좋겠고, 체질은 누굴 닮았으면 좋겠고, 머리는 누굴 닮았으면 좋겠고, 성격은 누굴 닮았으면 좋겠고. 나 역시 그랬다. 키나 체질은 남편을 닮았으면 좋겠고, 머리나 성격은 나를 닮았으면 좋겠다며 임신 일기 곳곳에 썼더랬다. 임신 초기엔 분명 제로에 가까웠던 엄마의 욕심이 신기하게도 개월 수가 차서 배가 불러오면 올수록 똑같이 커져만 갔다.

임신 중 보였던 욕심의 그래프는 자식을 키우면서도 그대로 나타난다. 아이가 유치원을 다니기 전에는 큰 욕심이 없다. 그냥 안 아프고 건강하면 된다고 한다. 그러다 초등학교를 보내면서부터 달라진다. 주기적으로 열리는 공개수업에서 내 아이가 손을 번쩍 번쩍 들고 발표 좀 적극적으로 했으면 한다. 시험을 보기 시작하는 5, 6학년이 되면 그때부턴 성적 욕심이 무섭게 치고 올라온다. 이때부터는 다른 건 다 필요 없어진다. 오직 공부 욕심으로 외길을 판다.

나도 한때 그런 욕심이 있었다. 대소변 가리기부터 빨랐던 딸이 뭔가 남다르지 싶었다. 말이 어찌나 빠른지 돌 좀 지나면서부터 간단한 문장 형태로 말하는 딸을 보면서 '얘, 뭐지? 천잰가?' 했었다. 성격도 어찌나 적극적인지 유치원에 가면서부터는 친구들 사이에서 항상 주도권을 잡았다. 초등학교 들어가기 전에 했던 IQ 검사에서도 상위 10%에 든다는 결과를 받아 들고 '뭐라도 되긴 되겠네' 했었다.

거기에 내 욕심은 한 가지 더 있었다. 워킹맘으로 일하면서 전업맘처럼 딸아이를 돌보지 못하다 보니 아이가 알아서 자기 생활을 척척 해나갔으면 하는 말도 안 되는 욕심을 부렸었다. 하지만 기대가 무너지는 데는 그리 오랜 시간이 걸리지 않았다.

유치원 때는 장점이었던 적극적인 성격이 초등학교를 다니면서는 친구들 사이에서 종종 분란을 만들었다. 그 좋은 IQ는 공부를 하는 데 쓰는 게 아니라 요리조리 기상천외한 핑곗거리를 만들며 노는 데 주로 썼다. 숙제고 공부고 어차피 해야 될 거면 먼저 하고 놀아야 직성이 풀리는 내 스타일과 정반대로 내 딸은 숙제고 공부고 어차피 할 거지만 최대한 버틸 때까지 버틴 후에 마지못해 하는 스타일이었다. 책상 위도 깔끔해야 공부가 되는 나와 달리 내 딸은 책상 위에 뒤죽박죽 놓인 물건들을 양끝으로 살살 밀어놓고 겨우 책 한 권 놓을 정도만 공간을 만들어 그나마도 하는 둥 마는 둥 하는 스타일이었다. 엉덩이는 또 어찌나 가볍던지 책상에 30분을 앉아있기 힘들어했다. 그럴 때마다 도대체 누굴 닮아서 그러냐는 비난의 말이 목구멍을 간질거려 괴로웠던

적이 한두 번이 아니었다.

이런 내가 욕심을 누를 수 있는 엄마가 되기 시작한 건, 딸아이 네 살 때 집필하기 시작했던 SBS의 〈세상에서 가장 아름다운 여행〉이라는 희귀 난치병 아이들을 솔루션해주는 다큐멘터리 덕분이었다. 영유아 전문가들로 구성된 솔루션 위원회 전문가들과 주기적으로 만나 주인공들의 상황을 얘기 나누며 아이의 문제는 결국 부모의 문제라는 걸 알게 되었다.

불안했던 임신과 출산 과정이 아이의 상태에 치명적인 문제를 야기한다는 것도 그때 알았다. 딸아이가 사춘기가 되었을 땐 학교폭력 문제니, 게임 중독이니 하는 사회적 문제가 심각할 때라 관련 특집 생방송을 많이 했었다. 그러면서 자녀의 사춘기에 대해서 이해할 수 있는 기회가 주어졌다. 많은 부모님들이 정서적 터치가 어느 때보다 중요한 아이들의 사춘기에 오히려 공부 욕심을 앞세워서 자녀와의 관계를 망치는 경우가 많다.

그런데 우리나라 아이들이 공부를 왜 하는지 아는가? 그건, 남보다 뛰어난 학구열 때문이 아니다. 아이들이 공부를 열심히 하는 진짜 이유는 하나다. 바로 엄마 아빠로부터 인정받고 싶고, 칭찬받고 싶기 때문이다. 이 이유에 대해서 의도가 순수하지 못하다고 문제제기를 해도 어쩔 수 없다. 우

나를 살게 하는 빛과 어둠의 나날

리나라 아이들의 현실이 그렇다. 그런데 공부를 왜 안 하느냐고 왜 그것밖에 못 하느냐고 비난을 받은 아이가 과연 엄마 아빠한테 잘 보이고 싶은 마음이 생길까?

부모와 자녀의 관계가 틀어지면 아이들의 성적은 절대 오르지 않는다. 그러니 그럴 때는 잘 가르치는 학원을 알아볼 게 아니라 내 아이의 다친 마음을 어루만져 주고 달래주는 게 먼저여야 한다. 게임에 빠지고 스마트폰에 빠진 아이에게 그만하라고 아무리 윽박질러 봤자 행동이 수정되는 게 아니다. 게임이나 스마트폰보다 더 재미있는 세상이 있다는 걸 보여줄 때만이 게임 중독과 스마트폰 중독은 자연스럽게 치료된다고 한다. 문을 열고 나가면 학교 아니면 학원에 가는 이 세상에서, 건강한 재미를 거세당한 이 세상에서, 모든 문제를 오롯이 우리의 아이들에게만 전가하고 있는 건 아닌지 어른인 우리부터 반성해야 할 일이었다.

최고의 전문가들이 알려준 귀한 얘기들 덕분에 나는 주변 사람들로부터 종종 좋은 엄마란 소리를 듣는다. 화가 나는 상황에서도 혼내지 않고 대화로 풀어가며 무조건 아이 입장을 먼저 들어주고 이해하려는 나의 모습을 보고 자식을 키우는 엄마들은 도대체 인내심의 한계가 어디냐며 놀랄 때가 많다. 얼마 전부터는 사춘기 딸아이로부터 다들 우리 엄마 같은 줄 알았는데 아니었다며 진짜 친구 같은 엄마,

좋은 엄마란 소리도 듣고 있으니 감사하면서도 부끄러운 일이다.

예전 부모와 달리 요즘 부모들은 학벌도 높고 정보를 얻을 기회도 많다. 내가 딸아이 초등학교 때 만난 엄마, 아빠들도 웬만한 교육 전문가 수준 이상이었다. 그런데 왜 여전히 내 주위에는 아이와의 갈등으로 힘들어하는 젊은 부모들이 많을까. 좋은 부모가 되는 비결은 이런 고급 정보를 아는 데 있지 않다. 한번 알게 된 육아 관련 고급 정보를 주기적으로 다시 접하고 만나고 느껴야 한다. 왜냐하면 모름지기 부모들의 기억력과 다짐은 그리 오래가지 못하기 때문이며 특히 부모의 욕심은 웬만한 기억력과 다짐을 순식간에 물거품으로 만들어버릴 정도로 강력하기 때문이다. 내 경험상, '아이를 이해해야지', '내 욕심을 강요하지 말아야지' 하는 다짐은 3개월, 아니, 3일을 못 간다. 아이들은 신기하게도 그보다 훨씬 더 자주, 더 강력한 강도로 부모의 기대를 무너뜨리기 때문이다.

나는 다행히 직업적으로 이런 전문가들을 주기적으로 만날 수 있었기에 내 욕심을 누르는 게 가능했다. 욕심이 치고 올라와 아이가 보이는 모습에 화가 날 때마다 그들을 만날 기회가 주어졌고 그들로부터 양질의 얘기를 반복해서 듣고 나면 그 화가 몇 달은 수그러들었다.

하지만 여느 엄마들 같은 경우는 이런 전문가들을 주기적으로 만나려면 기회도 많지 않을뿐더러 돈도 많이 든다. 그래서 내가 하는 또 하나의 방법을 소개할까 한다. 나는 나의 욕심을 누를 수 있는 책들을 침대 머리맡에 두고 산다. 그렇게 중요하다는 영어를 내 아이가 못 따라가서 불안하고 답답할 땐 《굿바이 영어 사교육》이라는 책을, 귀를 모양으로 달고 다니는지 도통 엄마의 맘을 이해 못 하는 아이와 대화를 할 때 최성애 박사님의 《감정코칭》이란 책을, 진정한 엄마의 역할이 무엇인지가 고민될 때는 교육철학자 이성조 교수님의 《그래도 행복해 그래서 성공해》를, 성적에 대한 욕심이 불끈불끈 솟아 아이를 다그치고 싶어질 때 현직 교장선생님인 이유남 선생님이 쓴 《엄마 반성문》이란 책을 읽고 또 읽는다.

마치 감기에 걸릴 때마다 병원에 가서 처방전을 받듯 욕심을 누르기 위한 나만의 응급처방전인 셈이다. 내 경험상, 그런 책들은 머리맡에 두고 화가 올라올 때마다 수시로 읽어만 줘도 약효가 있었다. 아이에 대한 욕심으로 힘든 부모들은 오늘 이 시간 이후로 자신의 욕심을 눌러줄 수 있는 책들을 몇 권 정도 선정하기 바란다. 그리고 그 책을 책장에 전시용으로 꽂아두지 말고 어디든 손만 뻗으면 닿을 수 있는 곳에 두고 순간순간 화가 치밀 때 곧바로 펼쳐서 읽기 바란다.

하지만 그보다 더 중요한 것은 당신이 자식에게 바라는 그 모든 것의 정체가 욕심이란 걸 인정해야 한다. 욕심이란 걸 모르기 때문에 계속 강요하게 되는 것이다. 부질없는 욕심은 버리는 게 맞다. 안 그러면 욕심쟁이 혹부리 영감처럼 추한 부모로 각인될 수 있다는 사실을 명심하자.

나를 살게 하는 빛과 어둠의 나날

인생의 위기를 이기게 해줄

당신만의 모티베이터

10년 전쯤의 일이다. 어느 날, 새벽에 휴대폰 알람 소리가 울렸다. 누군가 보낸 문자 메시지였다. 비몽사몽 잠결에 휴대폰을 냉큼 당겨 보았다. 〈혈액 급구〉로 시작하는 문자였다. 처음엔 집단으로 보내는 메시지라고 생각했고, 당연히 그 새벽에 혈액을 구하는 걸로 봐서 구하기 힘든 RH-겠거니 하고 끝까지 보지도 않고 종료 버튼을 눌렀다. 그리고 30분쯤 지났을까. 또 한 번 울리는 휴대폰 문자 알림음. 아니, 오늘따라 무슨 일이지? 〈혈액 급구〉로 시작하는 문자는 좀 전에 받았던 문자와 같은 내용으로 추측되었다. 도대체 어떤 사람이 내 번호를 알고 자꾸 보내는 거지?

문자 끝을 보기 위해서 계속 밑으로 내리면서 확인을 했다. 문자 내용은 이랬다. "〈혈액 급구〉 동생이 크게 다쳐서 수술을 해야 하는데 피가 모자라요. 혹시 도움 주실 수 있는 분은 연락 부탁드립니다." 놀랍게도 맨 끝에 찍힌 전화번호는 전에 프로그램을 함께 했던 후배 피디 번호였다. 순간 잠이 확 달아났다. 이게 무슨 소리야, 도대체 어떤 사고기에 특별한 혈액형도 아닌데 피가 모자를 정도지? 오만 가지 생각이 내 머릿속을 어지럽혔다. 그리고 가슴이 뛰기 시작했다. 문자 내용 그대로라면 일단 내 피는 구하는 혈액형과 달라 도움이 되지 못했다. 그리고 전후좌우 상황을 자세히 물어보고 싶어도 응급 상황임이 분명한데 그 새벽에 전화하는 건 아닌 것 같았다.

날이 밝기를 기다렸다. 그리고 새벽 6시! TV를 켰다. 아침 첫 뉴스였다. 그런데! 간밤에 일어난 사건 사고를 브리핑하는 코너에서 지난 밤 9시경에 마포대교에서 큰 사고가 났다는 소식이 들렸다. 주행 중 시비가 붙은 덤프트럭 기사와 자가용 운전자가 마포대교 중간에 차를 세워놓고 언성을 높이고 있는 사이, 뒤에서 달려오던 차가 중간에 서있는 차들을 피하려다가 실랑이 중인 두 사람 중 한 사람을 치었고, 그중 한 명이 아주 크게 다쳤다는 내용이었다. 순간 느낌이 이상했다. 설마 저 사고의 주인공이 내가 아는 그 피디의 동생은 아니겠지….

결론부터 말하자면 뉴스의 주인공은 그 피디의 남동생이 맞았다. 간단한 전화통화 끝에 동생이 있다는 병원으로 뛰어갔다. 그리고 듣게 된 충격적인 말, 동생의 한쪽 다리가 현장에서 절단됐단다. 순간 하늘이 노래지는 기분이었다. 어떻게 이런 일이…. 동생을 직접 만난 적은 없지만 얼굴을 본 적은 있다. 뚱뚱한 자기와는 달리 동생은 키도 크고 날씬하고 멋쟁이라고 사진 속 동생을 보여주며 자랑했던 적이 있었다. 순간 사진 속 동생 얼굴이 떠올랐다. 이제 이십대 중반. 대학을 졸업하고 취업도 했으며 곧 결혼을 앞두고 있었던 상황에서 한쪽 다리를 잃은 중도 장애인이 된 것이다. 이제 그 동생의 삶은 어떻게 되는 거지…. 걱정이 앞섰다.

　우연인지 필연인지 그즈음에 난 조서환 부사장(당시 KTF 부사장)을 인터뷰한 적이 있다. 지금은 현업에서 은퇴를 하셨지만 당시만 해도 조서환 부사장은 대한민국 마케팅의 일인자로서 마케팅을 한다는 사람들 사이에서는 입지전적인 인물로 통하는 분이었다. 비누나 샴푸 같은 일상용품부터 휴대폰까지…. 그가 메이킹한 제품들이 어느 집에나 있을 정도로 그는 마케팅 분야에서 선두를 달렸던 분이다. 그런 조서환 부사장을 첫 대면하던 순간이 지금도 생생하다.

　사전에 오른팔이 없는 장애인이라는 사실을 알고 가지 않았다면 단 1초도 그가 장애인이라는 사실을 눈치 챌 수 없을 정도로 그는 당당하고 밝았다. 꿈 많고 혈기 왕성하던 이십대 초반, 뭐든지 맘만 먹으면 못 할 것 없다고 생각했던 스물네 살에 조서환 부사장은 생명과도 같은 오른팔을 잃었다. 그것도 나라를 위해서 기꺼이 젊은 시절 한 부분을 뚝 떼어서 노력 봉사하겠노라 마음먹었던 군대에 가서 말이다. 제대와 동시에 사회로 진출해야 할 상황에 그는 제로가 아닌 마이너스 선에 서게 된 것이다. 그때부터 조서환 부사장은 팔 하나 없는 장애인이 된 상황에서 자신이 경제활동을 할 수 있는 방법을 고민했고 당시만 해도 영어가 그다지 대중화되지 않은 상황에서 영어 하나만 물고 늘어져도 살수 있겠다는 생각을 하게 된다.

그때부터는 영문과로 편입하기 위해서 피나는 노력이 시작되었다. 하지만 멀쩡히 공부 잘하다가 전공만 바꾸면 되는 상황이 아니지 않은가. 글씨를 쓰는 연습부터 다시 해야했다. 시험을 보려면 답안을 작성해야 하고 스무 해 넘게 오른손으로 모든 걸 했던 오른손잡이가 주 무기인 오른팔을 잃었으니 이제부터는 왼손, 왼팔로 살아남는 법을 배워야했다. 잠자는 시간만 빼고 열 시간, 스무 시간 글씨 연습을하고 어느 정도 글씨를 쓸 수 있게 된 다음부터는 영어 책을통째로 외우는 식으로 공부를 했다고 한다.

그런 피나는 노력 덕에 영문과로 편입도 했고 졸업까지도 무사히 마쳤지만 장애인인 조서환 부사장을 흔쾌히 받아주는 회사는 어디에도 없었다고 한다. 줄기차게 이력서를 냈고 낙방이라는 고배를 마셨다. 그러다 마지막이겠거니 생각하고 원서를 낸 곳이 모 기업이었다. 하지만 그의 오른팔이 의수라는 걸 안 순간, 면접은 바로 중단됐다. 과연취업이라는 걸 할 수나 있긴 한 걸까라는 절망적 생각으로

터벅터벅 지하철로 걸어오는데 조서환 부사장의 머리 위로 떠오른 세 사람, 아내와 두 아이…. '이대로 집으로 갈 순 없지.' 그리곤 마치 무엇에 홀린 것처럼 지하철 표도 내던지고 달려가고 있는 곳은 바로 면접을 봤던 그 회사였다. 방금 전 면접 봤던 사람인데 못 한 말이 있어서 그런다며 애걸복걸해서 다시 면접 장소까지 들어간 조서환 부사장. 뜨악해하는 면접관들 사이에서 차분하게 이야기를 시작한다.

첫째, 자신은 깡패 노릇을 하거나 음주운전 같은 교통사고로 장애인이 된 것이 아니라 내 민족 내 겨레를 위해서 군대에 갔고 그곳에서 희생했을 뿐인데 왜 이렇게 면접이 중단되는 설움을 받아야 하는가? 둘째, 회사 입사지원서 하단에는 분명히 국가유공자 우대라고 되어있는데 여러분이 정한 그 약속을 과연 지켰는가? 셋째, 오른손잡이가 오른손으로 일을 하듯 왼손잡이는 왼손으로 일을 하면 되는 것인데 내가 오른팔이 없어서 무거운 물건은 들 수 없지만 머리를 쓰는 일에는 충분히 자신이 있는데 당신들이 나보다 머리가 좋다는 증거가 있느냐…. 그리고 끝으로 여러분도 당할 수 있는 일이고 여러분의 자식들도 당할 수 있는 일이다. 그렇다 해도 나한테 이렇게 대하겠느냐, 그리고 당신들이 진정한 사회의 엘리트층이라면 면접 중단과 형식적인 위로의 말로 장애인에게 이렇게 큰 상처를 주어서는 안 된다는 애기까지….

할 말 다 하고 걸어서 나오는 조서환 부사장을 불러 세운 건 그 회사의 회장님. 지금까지 한 얘기를 영어로 해보라고. 어차피 제대로 알아들을 사람도 없을 시대니까 눈 질끈 감고 배짱 영어를 구사했다고 한다. 그리고 이튿날 합격통지서가 날아왔다.

그렇게 어렵게 시작된 회사 생활이었지만 결코 평탄할 리 없었다. 입사 동기에 비해서 업무성과가 떨어지는 편이 아닌데도 늘 인사고가는 C나 D. 어차피 다른 곳으로 옮길 처지도 못 되고 누군가는 D를 받아야 하는 입장. 장애인이라는 사실과 먹여 살려야 할 자식이 둘이나 된다는 점은 그를 언제나 열세에 놓이게 했다. 하지만 진정한 자존심은 그 즉시 빛을 발하지 않는다. 언젠가는 반드시 이루어내리라는 강한 자신감과 실천력이 그의 삶을 바꾸어놓았다.

입사 후 몇 년 지나 기획실로 자리를 옮긴 조서환 부사장. 하지만 영문과 출신인 그가 하는 일은 외국 바이어가 들어오면 공항에 나가 환영 피켓을 들고 서있는 일이었다. 멀쩡한 사람이 두 팔로 피켓을 들고 있어도 팔이 아플 지경인데 죽으나 사나 왼팔로만 들어야 하는 조서환 부사장의 애로야 눈 감고도 짐작이 간다. 상황이 이러니 짜증이 안 날 수도 없었을 것이다. 처음엔 고작 내가 이 일을 하려고 회사에 들어왔나 하는 생각, 내가 장애인이라서 이런 하찮은 일을 시키나 보다 별별 생각이 다 들었다고 한다. 하지만 어느 날 일종의 계시처럼 한 가지 생각이 머리를 스치고 지나간다. 아니지, 정말 중요한 해외 손님을 내가 제일 먼저 만나고 그들과 몇 마디라도 해보다 보면 원어민 발음을 제대로 배울 수 있는 기회인데 이 얼마나 좋은 일이냐.

생각을 바꾸니까 행동이 달라졌다. 그때부터는 의미 없이 받아 넣었던 명함 한 장 한 장을 다시 보게 되었다고 한다. 그러면서 눈에 띈 단어가 바로 '마케팅'이다. 당시만 해도 한국에서는 마케팅이라는 단어 자체도 쓰지 않을 때였다. 마케팅 디렉터. 마케팅 매니저. 마케팅이 과연 뭘까? 우리보다 앞선 나라들이 마케팅이라는 말을 많이 쓰는 걸 보면 이게 뭔가 앞으로 비전이 있는 것 같기는 한데, 그렇다면 나도 이쪽을 한번 배워볼까? 그렇게 시작된 마케팅 공부가 대한민국 마케팅의 전설, 조서환 부사장을 있게 한 시작이었다.

나는 방송이 끝난 후, 부사장님께 부탁을 드렸다. 부사장님이 쓰신 자서전 한 권을 받을 수 있겠냐고. 부사장님처럼 딱 그 나이에 교통사고로 한쪽 다리가 절단된 젊은 친구가 있다고. 그 친구에게 힘을 주고 싶다고…. 부사장님은 흔쾌히 비서를 통해 자서전 한 권을 주셨다. 소중한 메시지도 자필로 적어서.

사고가 난 지 벌써 10년이 다 됐다. 그사이 그 동생은 여러 차례의 수술을 잘 마쳤고 재활 전문병원에서 재활치료도 받았다. 감사하게도 결혼까지 생각했던 여자친구는 그 동생 곁을 떠나지 않았고 두 사람은 부부가 되고 부모가 되었다. 그리고 한 여자의 남편으로 두 아이의 가장으로 재택근무로 할 수 있는 일을 찾아 열심히 살고 있다.

많은 사람들이 한 치 앞의 불행을 모른다. 그리고 그런 치명적 불행은 나와는 거리가 먼 얘기라고 생각한다. 하지만 인생을 송두리째 엎어버리는 불행은 언제 어떻게 어떤 식으로 닥칠지 모른다. 그럴 때 가장 필요한 것이 바로 좋은 모티베이터다. 좋은 모티베이터란 가족일 수도, 친구일 수도, 책 한 권일 수도, 누군가가 건넨 말 한마디일 수도 있다. 그런 모티베이터가 내게 있다면 불행도 희망의 시작이 될 수 있다.

당신에겐 좋은 모티베이터가 있는가! 살면서 겪게 되는 위기와 고통, 좌절 앞에 흔들리지 않도록 나만의 모티베이터를 지금부터라도 차곡차곡 만들어두자. 분명 당신만의 모티베이터가 인생의 고비 고비를 함께 넘어갈 수 있는 든든한 지지대가 되어줄 테니 말이다.

길 위의 행복

;

　　무슨 질문이든 명쾌하게 대답하길 좋아하는 나였지만 유난히 대답하기 곤란한 질문이 있었다.

　　"당신은 행복한가요?"

　　다른 질문은 몰라도 이 질문만큼은 나를 언제나 주저하게 만들었다. 지금까지 사십대 중반이 되도록 이 질문에 냉큼 대답을 할 정도로 나 자신이 행복하다는 생각을 별로 해보지 못하고 살았기 때문이었다.

　　그러다 문득 한 남자 이야기가 떠올랐다. 그가 〈인간극장〉에 처음 소개된 건 2008년, 작은 캠핑카에 아내와 어린 아이들을 태우고 1년 365일 떠돌이 삶을 사는 그의 모습은 많은 시청자들로부터 뜨거운 호응을 받았다. 수염을 덥수룩하게 기른 기인 같은 그의 모습도 인상적이었지만 집도 절도 없이 오로지 어설픈 캠핑카 한 대에 의지해서 가족 전체가 떠돌아다니고 있다는 것만으로도 시청자의 눈길을 사로잡기에 충분했다. 도시에 사는 현대인이라면 누구나 마음 한편, 자신을 옥죄는 모든 것들을 과감히 내려놓고 떠나고 싶은 로망이 있지 않던가. 그는 삶에 찌든 현대인의 로망을 채워주는 전무후무한 주인공이었다.

내가 그를 다시 만난 건, 2010년 봄. 〈인간극장〉 10주년 기념으로 화제의 주인공들의 변화된 삶을 취재하기 위해서였다. 그는 여전히 떠돌이 삶을 살고 있었다. 달라진 거라곤, 좁은 캠핑카 대신 좀 더 큰 중고 버스를 개조해서 전국을 돌아다니며 살고 있다는 것과 2년 전, 초보 유랑자의 삶에서 어느새 베테랑 유랑자의 모습으로 바뀌었다는 것.

늘 정해진 목적지 없이 비포장 산길을 올라 계곡물을 받아 밥을 해 먹고 바다에 도착하면 조개를 잡아 미역국을 끓인다. 반찬은 고작해야 한두 가지. 산이든 바다든 계곡이든 그곳에서 자신에게 허락된 소박한 재료들만으로 삼시 세끼를 해결한다. 분명 풍족함과는 전혀 거리가 먼 생활임이 분명한데 가족의 얼굴은 햇살처럼 밝았다.

원래 그의 직업은 교사였다. 안정적인 삶으로 따지자면 1, 2위를 다투는 직업을 가진 남자였다. 그랬던 남자가 어느 날 교사를 관둬버렸다. 멀쩡한 집도 팔아버렸다. 혹시라도 미련이 남을까 봐서. 최소한의 옷가지와 그릇만 차에 싣고 떠나는 길. 아내는 기가 막힐 노릇이었다. 설마 몇 달 다니다 말겠지 하고 시작한 여정이었다.

처음엔 불편하고 부족한 것투성이였다. 먹는 거, 입는 거, 씻는 거, 어느 하나 불편하지 않은 게 없었다. 그런데 시간이 지나면 지날수록 이상한 일이 벌어졌다. 늘 지끈지끈 자신을 괴롭히던 두통이 사라졌다. 정해진 일정이 없으니 시간에 쫓길 필요가 없었고 가고 싶을 때 가고 먹고 싶을 때 먹고 자고 싶을 때 자는 그런 삶이었다.

늘 푸른 자연 속에서 시간을 보내니 소꿉놀이가 따로 없었다. 신기하게도 자연은 배고프지 않을 만큼의 재료는 항상 허락했고 계곡물에 휘적휘적해서 널어놓은 옷가지들은 입을 때마다 뽀송한 햇살의 향기가 났다. 자연은 매일매일이 다른 모습, 다른 표정이었으므로 지루할 틈이 없었다.

물론 예상외의 일이 벌어져 곤란을 겪기도 했다. 산짐승을 만나 삼십육계 줄행랑을 친 적도 있고, 먹을 물을 찾지 못해 몇 십 리를 헤매기도 했다. 딱히 돈을 쓸 일은 없지만 기름 값은 필요했으니 그럴 땐 미리 배운 목수 일로 시골 마을에 들어가 의자도 만들어주고 탁자도 만들어주면서 최소한의 비용을 받았다.

직장에, 일에, 공부에 얽매여 있던 삶을 놓아버리고 나니 평화가 찾아왔다. 남편이야 자기가 원하던 삶이었으니 그렇다 치지만 달라진 건, 아내였다. 남편의 기괴한 여정에 마지못해 따라나선 아내의 표정은 길 위의 2년을 살며 180도 달라져 있었다. 이젠 아내가 길 위의 삶을 더 즐기고 있었다.

하나라도 더 채우기 위해 사는 게 요즘 현대인의 삶이다. 더 높은 자리에 올라가야 하고 그래서 월급을 한 푼이라도 더 받아야 하고, 조금 더 넓은 집에 살아야 하고 집이 넓어지는 만큼 가구나 가전도 더 큰 걸로 바꿔야 하고, 집이 커진 만큼 차도 커져야 하는 게 당연한 모습이 되었다. 그런데 그 가족의 삶은 전혀 다른 얘기를 하고 있었다. 오히려 버리면 버릴수록 더 맑아지고 더 편안해진다는 걸.

편리를 위해 우리가 취했던 모든 것들이 어느새 족쇄가 되어 그걸 지키기 위해 아등바등 살고 있는 게 우리네 모습이 아니었던가. 하지만 그는 달랐다. 가진 게 없으니 지킬 게 없고, 지킬 게 없으니 매여있을 필요가 없었다. 이보다 더 자유로운 삶이 어디 있단 말인가.

모두 버리고 떠난 길에서 가족은 누리고 살 때는 맛보지 못했던 진짜 행복을 만났다. 한 곳에 얽매이지 않고 자유롭게 흘러서 살아 숨 쉬는 바람. 가족의 삶은 어디에도 얽매이지 않는 바람을 닮았다. 지금은 그 바람이 어느쯤에 머물고 있는지 궁금해지는 날이다.

"선생님, 저는 왜 행복하냐는 질문에 쉽게 대답을 할 수 없을까요?"

친분이 있는 유명 정신건강의학과 전문의 선생님에게 물어본 적이 있다.

"행복을 쾌락과 착각해서 그래요. 행복이란 감정은 즐겁고 흥분되고 떨리고 뭐 그런 감정이 아니에요."

"그럼요?"

"그냥 고요한 상태예요."

혹시나 딱히 화날 일도, 딱히 신나는 일도, 딱히 걱정되는 일도 없이 그저 그런 하루가 이어지고 있다고 왜 이리 내 삶은 밋밋하냐고 우울해하지 마시라. 어쩌면 당신이 가장 행복한 사람일지도 모르니.

어느 변호사의 비애

요즘 TV를 켤 때마다 부쩍 많이 보이는 직업이 있다. 검사, 변호사, 의사…. 그들이 하는 일이 워낙 드라마틱하다 보니 드라마나 영화의 주요 소재로 쓰이는 건 이해가 되지만, 드라마를 제외한 뉴스, 교양, 시사, 예능 프로그램에서도 '사'자 직업군을 만나는 일은 다반사가 되었다. 법 상식을 묻는 자리에 법조인이 패널인 것이야 당연하겠지만 예능 프로그램에도 법조인이 패널이고, 연예정보 프로그램에도 법조인이 패널이며, 정치토크 프로그램에도 법조인이 패널이다.

의학 상식을 묻는 자리에 의사가 패널인 것이야 당연하겠지만 예능 프로그램에도 의사가 패널이고 연예정보 프로그램에도 의사가 패널이며, 심지어 정치토크 프로그램에도 의사가 패널인 경우도 있다. 저 사람들이 언제부터 저렇게 다방면에 유식했지 싶을 정돈데 사실 상당수의 프로그램은 작가들이 자료조사를 하고 원고를 써준다. 100%라고 할 순 없지만 많은 부분은 그들의 내용이 아니라 작가들이 준비해준 내용임을 알기에 씁쓸해질 때가 많다.

왜 법과 의학과 상관도 없는 프로그램에서 그들이 빠지

지 않고 등장하는 것일까. 이유가 있다. 우리나라 사람들은 소위 말하는 '사'자 직업을 좋아한다. 방송 프로그램에서 의사, 변호사들이 전문영역을 넘나드는 활약을 하는 것은 이런 시청자들의 심리를 이용한 것이다. 의사와 변호사가 되는 과정 자체가 극소수의 선발된 엘리트들에 국한된 것이며, 그 이후에도 지난하고 힘든 과정을 거쳐야 하기에 그들은 등장만으로 존재감을 드러내며 대중들로부터 강력한 신뢰를 얻는다.

나 역시 20년 넘게 방송작가로 살면서 많은 사람들이 부러워하는 직업인 변호사, 의사들과 일을 해봤다. 그러면서 알게 됐다. '사'자 직업! 그 속에 엄청난 비애가 숨어있다는 걸. 실제로 그들과 얘기를 해보면 남들이 부러워하는 직업을 갖고 있는 그들의 삶의 만족도가 생각보다 높지 않다는 걸 금방 느낄 수 있다.

생각 외로 변호사는 철저히 을이다. 누구의 을이냐고? 의뢰인의 철저한 을이다. 드라마에서 변호사는 항상 정의감에 불타고 선의의 피해를 입은 사회적 약자를 위해 활약하는 사람으로 그려지지만 현실은 아닌 경우가 많다. 왜냐하면 그들이 변론을 맡는 사람은 피해자뿐이 아니기 때문이다. 오히려 돈 있는 가해자의 변론을 맡게 될 때가 더 많단다. 쉽게 말해 돈을 받고 죄를 줄여주는 일을 해야 할 때가 더 많다는 얘기다. 돈을 벌어야겠기에 하긴 하지만 양심에 걸릴 때가 많아 괴로움이 크단다. 심지어 돈 많은 가해자들의 경우, 담당 변호사를 파트너로 생각하는 게 아니라 자신이 돈을 냈다는 이유로 담당 변호사를 마치 소모품마냥 취급하는 경우가 다반사란다.

상상해보라. 만약 당신이 우수한 성적으로 유명 대학을 나와서 모든 욕망을 참아가며 사법고시에 합격을 해서 변호사가 되었는데 폭력 12범 양아치한테 "내가 말이야~ 당신 썼잖아~" 이런 말이나 듣고 있다면 피가 거꾸로 솟지 않겠는가! 실제로 내가 아는 변호사 중엔 그런 취급을 당하는 게 너무 자괴감이 들어서 변호사란 직업을 중간에 관둔 경우도 있었고, 형사사건의 변호는 아예 하지 않는 경우도 있었다. 돈이 그 사람의 인격을, 돈이 그 사람의 수준을 보여준다고 믿는 자본주의 사회에서 돈에 의해 개인적으로 고용된 직업인 변호사는 그렇기에 순간순간 돈의 노예로 취급당하는 비애를 느낄 때가 많은 것이다.

의사란 직업도 괴로움이 큰 직업 중 하나다. 명예직이라고 말하는 대학병원 의사들을 제외하고 개인병원을 운영하는 의사들은 의사이기 전에 전문 경영인인지라 의사로서의 명예를 챙기기가 상당히 어려운 게 현실이다. 양심을 뒤로하고 과잉진료를 하거나 무분별한 홍보로 다수의 피해자들을 양산하기도 한다. 우린 그런 의사들을 심심치 않게 뉴스나 시사 프로그램에서 접할 때가 있지 않은가. 더욱이 여러 가지 이유로 병원을 개원하지 못한 의사들의 사정은 더욱 딱하다. 그들은 대부분 페이 닥터로 일할 때가 많은데 요즘은 그 일도 1년씩 계약직이 많아서 환자들한테 인기가 없거나 진료 수익을 많이 올리지 못하면 재계약이 이루어지지 않는 경우가 허다하다. 상황이 이렇다 보니 소신 진료보다는 병원에 잘 보이고, 환자들한테 잘 보이느라 바쁜 경우가 많다고 하소연을 하는 것도 심심치 않게 봤다.

어디 그뿐인가. 요즘 한창 최고의 인기라는 성형외과 의사. 그들의 삶은 잘나갈수록 피폐한 경우가 많았다. 내가 한창 성형 프로그램을 할 때 들었던 얘긴데, 강남에서 잘나가는 성형외과에선 환자가 미어터져서 오죽하면 수술실에 들어갈 때 타이머를 켜놓고 들어간다는 얘기가 있을 정도였다. 30분에 한 명씩, 하루에 ○○명. 이런 식으로 성형을 해야 병원의 수지타산이 돌아가니 이건 의사가 아니라 기계라며 쓴웃음을 짓는 의사들도 있었다. 특히 직장인들의 경우 바쁜 주중보다는 주말이나 연휴에 티 안 나게 수술을 하고 싶어 하는 사람들이 많으므로 그들에겐 주말도, 연휴도 없는 경우가 대부분이었다.

변호사도 마찬가지다. 의뢰인의 스케줄에 따라 낮밤이

없다. 의뢰인이 필요할 땐 달려가야 한다.

　내가 보기엔 돈을 포기하면 참 멋진 직업이 의사나 변호사가 아닐까라는 생각도 그때 했다. 돈이 없어서 치료를 못 받는 환자들을 살려내고, 힘 없고 빽 없어 가해자로 몰리는 뒤바뀐 피해자를 무보수로 변호하는 일, 이 얼마나 멋지고 아름다운 일인가. 하지만 그들도 누군가의 가장이며, 결국 돈을 벌지 않곤 살 수 없는 생계형이니 자본주의 사회에서 우리가 부러워하는 '사'자 직업도 당신이 모르는 영역에서 힘들고 괴롭긴 마찬가지다.

우리가 진정 부끄러워해야 할 것들

:
'

지금은 '불우이웃돕기'라는 말 대신 그냥 '이웃돕기'라는 말을 쓰지만, 10년 전만 해도 매년 연말이면 방송사별로 대대적인 불우이웃돕기 생방송을 제작했고 ARS 모금을 했다. 그런 프로그램의 경우, 전국 단위로 도움의 손길이 필요한 단체나 개인의 사연을 미리 접수 받아 어떤 사연을 보여줬을 때 가장 모금이 잘될까 회의에 회의를 거듭한 후, 생방송 중간중간 VCR로 보여줄 내용을 사전에 촬영하게

된다.

당시 서브 작가였던 내가 담당한 VCR은 산동네 연탄 배달이었다. 어떤 연예인을 섭외하면 좋을까 고민하다 인상 좋고 사람 좋고 입담마저 좋기로 유명한 인기 배우를 섭외했다. 불우이웃돕기 생방송에 틀 VCR이라는 얘기와 함께 산동네에 1일 연탄 배달부를 해주셔야 한다는 설명을 했더니 다짜고짜 출연료 얘기부터 꺼낸다. 보통 좋은 취지의 프로그램에 동참할 경우 웬만하면 출연료는 심하게 따지지 않는데 '어머, 이 사람! 이미지랑 완전 다르네' 하면서도 어쩔 수 없이 제작비 내에서 최고 대우를 해서 섭외를 마쳤다.

그런데 막상 야외촬영을 하는 날, 촬영장에 도착하자마자 VJ를 보고 그가 하는 말이 가관이었다.

"설마, 저 연탄을 다 날라야 되는 건 아니지?"

"네, 저걸 저쪽 독거 노인들 계시는 집에 옮겨주시면 됩니다."

잡아먹을 듯 VJ를 노려보던 그 배우는 30분 정도 연탄을 나르더니 한마디하고 사라졌다.

"야~ 10분짜리 VCR에 30분 찍었으면 분량 빠지지?"

어느 여름에는 이런 일도 있었다. 전국적으로 중계차를 연결해서 캠페인을 진행하던 특집 프로그램이었던 걸로 기

억하는데 서브 작가였던 나는 광화문 중계차 쪽을 담당하는 역할이었다. 생방송 중간중간, 전국 여덟 군데에 나가있는 중계차를 연결하고 현장에서 벌어지고 있는 이벤트를 보여주고 그 뜻에 동참하는 연예인들이 장기도 보여주면서 분위기를 띄워줘야 하는 상황이었다.

그런데 마침 보슬보슬 비가 내리기 시작했다. 생방송은 녹화와 달리 실수를 만회할 과정이 없기에 리허설이 필수다. 그런데 현장에서 노래를 해주기로 한 가수가 보이질 않았다. 탐문수색(?) 끝에 근처 카페에 있다는 얘기를 듣고 부리나케 찾아갔다.

"언니~ 저희 잠시 후면 생방송 시작돼서요, 노래 리허설하자고 담당 피디가 그러는데요."

"야~ 내가 나이가 몇인데 리허설이야? 됐어."

어찌나 짜증을 내는지 한 번 더 말했다가는 방송을 펑크 내고 갈 기세였다. 어쩔 수 없이 담당 피디한테 상황 설명을 할 수밖에 없었다. 그런데 정말 어이없는 건, 생방송이 시작되고 중계차가 연결되자마자 카메라를 향해 한껏 미소를 지으며 그녀가 하는 말이었다.

"어머, 안녕하세요? 시청자 여러분을 만나 뵙기 위해 생방 시작 3시간 전부터 제가 여기 나와서 열심히 준비하고 있었거든요."

나를 살게 하는 빛과 어둠의 나날

3시간 전부터 스탠바이한 건, 당신이 아니고 제작진이지. 당신은 분명 3분 전까지도 중계차가 서있는 대로변 카페에서 시원한 에어컨 바람을 쐬면서 이 나이에 무슨 리허설이냐며 세상없는 짜증을 다 냈거든. 그리고 그때 당신 나이는 고작 사십대 초반이었고 말이야.

매거진 형태의 프로그램을 할 때의 일이다. 연애 중이던 남녀 배우가 우리 프로그램의 MC였던 상황이었다. 이럴 경우 소위 말해 둘 사이가 좋으면 케미가 엄청 살지만 둘이 다 투기라도 하는 날엔 녹화 분위기는 엉망이 된다.

그날은 내가 방송국 아르바이트로 FD라는 걸 처음 경험하는 날이었는데, 그날따라 두 사람이 싸웠는지 투샷을 잡는데도 멀찍이 떨어져 앉아있었다. 곧바로 인터컴을 통해 화난 피디의 목소리가 들렸다.

"쟤들 뭐야? 빨리 붙어 앉으라고 해. 싸운 거 동네방네 티 낼 일 있어?"

FD 역할이 그런 것인지라 부조정실에 있는 피디를 대신해 내가 말을 할 수밖에 없었다.

"저기요, ○○씨! 피디님이 인터컴으로 말씀하시는데, 두 분 붙어 앉으라는데요~."

"야! 내가 네 애인이야? 얻다 대고 ○○씨야?"

그 일이 있고 2년 후, 나는 작가가 되었고, M본부에서 일을 하고 있었다. 우연히 복도를 가다가 그때 나에게 '얻다 대고 ○○씨냐'고 했던 그 남자 MC를 만났다.

"너, 여기 왜 있어?"

"저, 졸업하고 작가로 왔어요."

"어머! 작가 됐어? 잘 부탁해~."

글쎄. 내가 과연 그 부탁을 들어줘야 하는 건가! 역시나 몇 년 후, 그 남자는 소리 소문 없이 브라운관에서 사라졌다.

우리가 진정 부끄러워해야 할 것은 바로 이런 것이다. 못생기고, 못 배우고, 가진 것 없고, 힘 없고 빽 없음이 아니라 남들보다 많이 가진 주제에 약자 앞에서만 더 강해지는 당신의 초라한 인격인 것이다.

불행에 관한 불편한 진실

;

어쩌면 방송작가와 무속인은 떼려야 뗄 수 없는 관계인지도 모른다. 프로그램 아이템 때문에 그럴 수도 있지만 사실은 봄가을 개편이면 어떻게 될지 모르는 고용불안의 최고점에 있는 직업적 특수성 때문이기도 하다. 과연 이번 개편엔 무사히 넘어갈는지, 프로그램을 옮기는 게 맞는지, 도대체 언제까지 작가 일을 해먹고 살 수 있을지 등등. 어쩌면 방송의 '방'자도 모르는 무속인에게 방송작가의 앞날을 물어본다는 게 그 자체로 코미디일 수도 있지만 그럼에도 불구하고 그들을 찾아가는 마음속엔 미래에 대한 불안이 숨어있으리라.

하지만 미래에 대한 불안이 어디 프리랜서 방송작가에게만 있으랴. 직장에 다니는 친구는 친구대로, 집에서 살림만 하는 친구는 친구대로, 심지어 백수는 백수대로, 앞날에 대한 불안함은 질량은 다를지언정 모두 있는 듯하다.

내 친구의 고민은 딸이었다. 한창 공부에 집중해야 할 딸이 영 공부에 마음을 붙이지 못하고 책상에 앉기만 하면 헛것이 보인다며 어미 속을 태운다는 것이었다. 답답한 마음에 영험한 무당을 소개받아 만나고 오던 날, 흥분하던 그 친구의 모습을 잊을 수 없다.

친구의 얘기는 이랬다. 자신이 점집 문을 열고 들어가 채 무릎이 닿기도 전에 딸 때문에 왔냐며 무속인이 묻더란다. 그러더니 내 친구의 대답에는 관심도 없다는 듯, 속사포처럼 쏟아내는 말.

"딸이 자꾸 헛것이 보인다며 공부가 안 된다고 하지?"

"아니, 어떻게 그걸….."

"그거 거짓말 아니야. 그러니까 애 뭐라고 하지 마. 앞으로 몇 달은 더 그럴 건데 찬바람 불면 곧 좋아져."

"아, 정말이요?"

내 친구가 좋은 기분에 들떠있을 새도 없이 계속해서 무속인이 하는 말.

"그게 문제가 아니고 한 달 내에 크게 다쳐. 딸 말이야. 조심하라고 해."

내 친구가 무당을 만나고 온 지 3주쯤 지났을까. 정말로 내 친구의 딸아이는 자전거를 타러 나갔다가 크게 사고를 당했다. 우연인지 필연인지 무속인의 말이 맞았던 것이다.

나 역시 남편의 사업 문제로 골머리를 앓을 때, 무속인을 찾아간 적이 있다. 그런데 정작 내 심장을 쿵, 하게 만들었던 건, 다른 얘기였다.

"3년 안에 상복을 입네…. 친정어머니 많이 아프시지? 굿을 하면 좋은데…."

맞다. 10년 가까이 척추협착을 앓고 있는 나의 친정어머니는 하루가 다르게 상태가 나빠지고 있었다. 아마 내 글을 읽는 독자들은 궁금할 것이다. 과연 3년 후, 친정어머니는 어떻게 됐는지. 결론부터 말하면, 난 무당의 말처럼 상복을 입었다. 하지만 친정어머니가 돌아가신 게 아니었다. 건강에 전혀 문제가 없던 친정아버지가 교통사고로 돌아가셨다. 대상은 바뀌었지만 무당의 말처럼 결국 난 상복을 입게 된 것이다.

우리는 미래에 대한 불안감 때문에 무속인을 찾는다. 조금이라도 안 좋은 일을 미연에 막고 싶은 마음 때문이리라. 하지만 정작 무당을 통해 불행한 일이 발생할 것을 미리 알았음에도 불구하고 내 친구도 나도 그 불행을 막진 못했다. 오히려 그 불행이 닥칠 때까지 고통의 시간을 보내야 했다.

딸 때문에 고민이었던 내 친구는 무속인을 만나고 온 이후, 딸이 외출만 하려고 하면 "너 크게 다친댔어! 나가지 마" 하며 딸의 일거수일투족을 감시했고, 그러다 보니 오히려 모녀의 갈등은 그 3주간 최고치를 찍었다. 나 역시 친정어머니가 돌아가실 거라는 말에 없는 돈이라도 들여 굿을 했어야 하는 건지 말아야 하는 건지 긴 시간 골머리를 앓았다.

굿을 하자면 최소 천만 원이 넘는 비용이 필요한데 어떻게 든 융통을 해서 굿을 하자니 만약 효과가 없다면 거액의 돈 만 고스란히 빚으로 남는 꼴이고, 그렇다고 굿을 안 하자니 그렇게 해서 돌아가시면 엄마의 생명을 살리는 일에 천만 원도 쓰지 못한 야박한 딸이 되어 두고두고 가족의 원성을 살 테니 어떤 결정을 내려야 하는지 하루에도 열두 번 갈등 을 했다.

결국 닥쳐올 불행을 막지도 못할 거면서 불행을 미리 안 다는 게 무슨 가치가 있는 것일까.

언젠가 뇌 과학자 정재승 교수가 TV에 나와서 하는 강의 를 본 적이 있다. 그 강의는 행복과 불행에 대한 내용이었는 데 유난히 나의 눈길을 끄는 실험 결과가 있었다. 그것은 바 로 고통에 대한 원숭이 실험이었다. 예측하지 못한 고통을 당한 원숭이가 느끼는 고통의 강도와 주기적으로 주어지는 고통, 즉 예측 가능한 고통에 대해 원숭이가 느끼는 고통의 강도 중 어느 것을 원숭이가 더 강하게 느끼는지에 대한 실 험이었다. 결론은 예측 가능한 고통에 대해 원숭이가 느끼 는 고통의 강도가 더 컸다는 사실이었다. 결국 이 실험은 예 측 가능한 불행은 더 고통스러울 뿐이라는 걸 말해주고 있 었다.

불안한 존재인 우리들은 미래를 예측하고 싶어 하고 불

행을 미리 알아 막고 싶어 하지만 불행은 결코 미리 안다고 막아지는 것이 아니며 오히려 불행에 이르는 때까지 전전긍긍하며 불행이 닥쳐올 시간까지 불안함 속에 살아야 한다. 어쩌면 그게 바로 불행에 관한 불편한 진실이 아닐까.

나를 살게 하는 빛과 어둠의 나날

지친 하루를 살아가게 했던 힘

111년 만의 폭염으로 한반도가 뜨겁던 지난여름, 난 '기러기 엄마'가 됐다. 내 상황을 모르는 사람들이 보기엔 팔자 좋은 유학 같겠지만 우리 집의 유학 결정은 가정을 깨고 싶지 않은 나의 치열한 고민의 결과였다.

사업하는 남편으로부터 내내 월급을 못 받아본 건 그렇다 치고, 내 앞으로 한 번씩 만들어놓은 목돈의 빚을 갚아야 할 땐, 숨이 턱까지 막혔다. 사람 마음이란 게 간사해서 사업 시작하고 몇 년간 월급을 못 갖고 올 땐 못 갖다주는 남편이 밉더니, 목돈의 빚을 내게 떠안겨 주기까지 하자 '월급은 못 갖고 와도 좋으니 빚만 만들지 말아다오'가 나의 간절한 바람이 되었다. 물론 사업을 접어라 말아라 여러 번의 실랑이도 했었다. 하지만 방송의 특성상, 진행되고 있는 일들이 있어서 두부모 자르듯 사업을 접을 수 없다는 남편 때문에 14년이란 긴 시간을 나는 고통 속에 보내야 했다.

그러다 작년 가을, 더 이상 남편이 고집을 부릴 수 없는 일이 생겼다. 어느 저녁, 심각한 얼굴로 내 앞에 마주 앉은 남편은 좋은 얘기 한 가지와 안 좋은 얘기 한 가지가 있는데 무슨 얘기부터 해줄까라며 나에게 물었다. 안 좋은 얘기부터 해보라는 나의 말에 남편은 한껏 미안한 표정으로 말했다.

"안 좋은 소식은 당신이 5천만 원을 좀 막아줬으면 좋겠다는 거야. 일주일 안에 갚아줘야 할 상황이야. 대신 좋은 소식은 지금 추진하고 있는 협찬 건이 잘되고 있으니 그것만 성사되면 겨울 안에 그 돈을 갚아줄 수 있다는 거야."

안 먹는데 살찐다는 얘기, 장사 밑지고 판다는 얘기, 사업하는 사람 이번엔 대박이라는 얘기는 인간의 3대 거짓말 중 하나라고 믿는 나로서는 남편의 말을 더 이상 믿어줄 수 없었다. 나는 초강수를 뒀다.

"난 그 돈 못 막아줘. 웬만한 회사원 1년 동안 한 푼도 쓰지 않고 고스란히 모아야 되는 돈인데, 장난해 지금!"

"알아. 그런데 그 돈…. ○○한테 빌린 거라서 그래. 아파트 청약 중도금 넣을 돈을 나한테 빌려준 거야. 그것도 와이프 몰래. 갚아주지 않으면 아파트 청약, 날아가는 거야."

하늘이 노랬다. 남편이 급전을 빌린 사람이 내가 아는 지인이었던 것이다. 그것도 여윳돈을 빌려준 게 아니라 아파트 중도금을 빌려준 거라니…. 그동안 꾹꾹 누르고 살았던 내 분노가 다시 폭발했다. 그러나 분노는 분노고 내가 모르는 사람도 아니고 내가 아는 지인에게 피해를 줄 수는 없는 노릇이었다. 적어도 내 양심이 그걸 허락하지 않았다. 결국 난 또다시 대출을 받아 남편의 뒤치다꺼리를 해줄 수밖에

없었다.

급한 위기를 넘긴 남편은 조금 살아나는 듯 보였다. 하지만 몇 달 뒤, 겨울이 오면 갚아주겠다던 좋은 소식은 들려오질 않았다. 그리고 얼마 뒤, 남편은 협찬 건이 다 어그러졌다는 듣고 싶지 않은 소식만을 나에게 전했다. 이 사건은 어떠한 시련에도 14년간 사업을 이어나가던 남편의 마지막 기를 완전히 꺾어놓는 계기가 됐다. 그날 이후, 남편은 무기력의 극치를 보여줬다. 폐인 아닌 폐인이 된 남편의 모습을 지켜보는 나로서는 사업을 할 때와는 또 다른 실망과 스트레스를 받아야 했다.

문제는 내 스트레스가 남편에서 끝나지 않았다는 것이다. 그 당시 난, 사춘기 딸아이에 대한 부담으로도 적잖이 시달리고 있었다. 딸과 갈등을 빚어서가 아니라 갓난쟁이 땐 분유만 제때 먹여주면 되더니 사춘기가 되니까 밥이 문제가 아니었다. 정서적 터치가 중요한데 남편을 대신해 가장으로 일에 매여 살다 보니 그런 부분을 놓치는 경우가 많았다. 그즈음, 환경이 뭐가 중요해, 어디에 있든 자기 하기나름이지라고 생각했던 내 철학이 사춘기 자녀에겐 맞지 않는다는 걸 깨닫는 일까지 종종 발생했다. 한마디로 워킹맘으로서의 죄책감까지 극에 달했던 것이다.

긴 시간 고민 끝에 난 남편에게 제안을 했다.

"당신이 애를 맡아줘. 어차피 당신이 사업하면서 돈 까먹나 유학 가서 공부시키며 돈 까먹나 마찬가지니 차라리 사업을 완전히 접고 애를 맡아주면 내가 일에만 집중할 수 있으니까 뒷바라지는 그냥저냥 할 수 있을 거야. 지금까지 남편 노릇 제대로 못한 거, 좋은 아빠 노릇으로 갚아주라."

남편에겐 내 제안을 거절할 아무런 명분이 없었다.

그렇게 지난여름, 남편과 사춘기 딸은 떠났다. 그리고 난 혼자 남았다. 그런데 이상한 일이 벌어졌다. 무거운 짐을 내려놓고 숨을 쉴 수 있을 것 같았던 내 기대는 예상을 빗나갔다. 나야말로 무기력의 극치였다. 일 외의 시간은 마치 소파에 접착제를 발라놓은 듯 소파와 혼연일체가 되어 누워만 있었다. 힘든 몸을 끌고 집안일을 할 필요가 없었다. 더럽혀놓는 사람이 없었고, 설사 며칠 지나 더러워졌다고 해도 나만 꾹 참으면 될 일이었다. 장을 볼 일도 없었다. 반찬 타령 과일 타령 하는 부녀가 없으니 먹고 싶으면 그것 역시 나 혼자 꾹 참으면 될 일이었다.

신기한 건, 집에 뭔 일이 있는 것도 아닌데 친구들이 불러내도 나가기가 싫었다. 방송 일에, 집안일에, 아이 육아에, 그러고도 짬짬이 시간을 내 모임을 갖는 날 보면서 쉬지 않고 움직인다고 붙여진 에너자이저란 별명이 무색할 정도였다. 나 역시 그런 나의 모습이 낯설었다. 쉬지 않고 움직이

나를 살게 하는 빛과 어둠의 나날

는 나의 모습이 당연하다고 생각하며 살았는데 아니었다. 게으르기 그지없었다. 무엇보다 큰 문제는 아무런 의욕이 안 생긴다는 거였다.

그러다 문득 깨달았다. 나에게 찾아온 무기력함은 어떠한 감정의 변화가 일지 않는 혼자 남겨진 삶에 있었다는 걸.

일을 마치고 집에 와도 화날 일이 없었다. 문제는 화날 일이 없어진 건 좋은데 싸울 일도 없어졌고, 화해할 일도 없어졌고, 간간이 웃을 일도 없어졌다는 것이다. 남편이 한없이 밉다가도 일이 좀 풀려간다며 웃으며 퇴근할 땐, 소주 한잔 기울이며 되도 않는 희망을 얘기하며 즐거웠던 적도 있었는데…. 남자친구와 싸우고 들어와서는 세상 죽을 것 같은 표정으로 울고 있는 딸을 보면서 저걸 어째야 되나 속앓이를 하며 지켜보다가도 남자친구와 화해했다고 환하게 웃으며 들어오는 딸을 보면 저러면서 크는 거지 빙그레 웃었었는데….

결국 지치지 않고 일할 수 있었던 내 삶의 원동력은 나를 그렇게 짓눌렀던 부담과 책임감이었다. 그 속에서 울고 웃고 화내며 또다시 하루를 살아갈 힘을 냈던 거였다.

물살이 센 물길을 건널 때, 등 가득 짐을 매단 말은 결코 물살에 넘어지지 않는다는 얘기가 있지 않던가. 인생을 사는 데는 '짐'은 곧 '힘'이 되기도 한다.

Epilogue

그대들의 인생에
건배를

방송작가로 20년 넘는 시간을 살다 보니

출판사로부터 책을 내자는 제안을 종종 받았었다.

하지만 그때마다 고사를 했던 이유는

내가 쓰고 싶은 책과 그들이 원하는 책이

달랐기 때문이었다.

그들은 주로 내가 집필했던 프로그램들의 내용을

책으로 엮어보자고 했지만

늘 레귤러 프로그램에 묶여있다 보니

책을 쓰기 위한 추가 취재시간이 여의치 않았다.

그리고 또 하나! 그들은 기본적으로 판매 부수가

보장되는 책을 내고 싶어 했다.

그걸 우리들 말로는 소위 장사가 되는 책이라고 하는데

예를 들면, 성공한 사람들의 비밀이나

대박 가게의 비밀 같은 것들….

그런데 나는 그런 책을 쓰고 싶지 않았다.

내가 방송을 통해서 그런 인물들을 수도 없이

인터뷰한 것은 사실이지만

그런 책은 내가 아니고도 낼 수 있는 그 분야의

전문 저자들이 많다고 생각했기 때문이었다.

하지만 이런 이유 외에 가장 결정적인 이유는

서점가에 넘쳐나는 자기계발서가 나로서는 솔직히

부담스럽게 느껴졌기 때문이다.

매일매일 치열하게 전쟁처럼 사는 것도 힘든데

나까지 사람들에게 이렇게 하라고, 그래야 성공한다고,

그래야 돈 많이 번다고 부추기고 싶지가 않았다.

그러다 작년 초, 드디어 책을 쓰고 싶다는 생각이 들었다.

출판사가 원하는 책이 아닌 내가 쓰고 싶은 책을….

처음 시작은 나처럼 흔들리는 인생에 대한

위로를 건네고 싶어서였다.

당연히 내가 흔들렸던 순간에 대한 고백부터 해야 했다.

콤플렉스로 얼룩졌던 유년 시절의 기억부터

보호받지 못하는 비정규직 방송작가로서의 불안감,

그리고 나의 가장 아픈 부분인

결혼생활에 대한 얘기까지도….

그러나 글을 쓰면서 상당 부분 나는 위로받고 치유받았다.

45년을 살면서 이렇게 자세히 내 얘기를

쏟아낸 적이 있었던가.

흔들리는 당신을 위한 진정한 위로는 어쩌면

당신 스스로의 부끄러운 고백에 있을지도 모르겠다.

무엇보다 내가 하는 일이 감사한 것은

다양한 사람들의 삶을
찬찬히 들여다볼 수 있다는 사실이었다.
수많은 사람을 만나고 인터뷰하면서 깨달은
가장 중요한 한 가지는
성공과 행복에는 정해진 답이 없다는 것이다.
오히려 내가 만난 사람들 중 상당수는
사회가 정해놓은 기준에 못 미치거나
벗어난 사람들이었지만
그렇다고 그들이 행복하지 않은 것도 아니었고
성공하지 못한 것도 아니었다.
그러고 보면 애초에 답이 없는 게 인생인데
답 없는 인생을 놓고 답정녀(답을 정해놓은 여자),
답정남(답을 정해놓은 남자)으로 살려고 하니
불안하고 흔들리고 괴로웠던 것은 아니었을까.

보는 시야가 좁으면 좁을수록 사람은 더 불안해진다.
그렇기 때문에 다양한 삶과 만나며
인생을 보는 시야를 넓혀야 한다.
특히 내 인생이 흔들린다고 느껴지는 분들이라면
더더욱 그렇다.
그리고 그런 상황일수록

스포트라이트를 받는 번쩍번쩍 화려한 인생 말고,
당신 주변에서 당신과 비슷한 고민을 하며 살아가는
이웃들의 삶에 천착해야 한다.
그 속에서 당신의 고민도 누그러지고 해소될 수 있다.
나 역시 내 인생이 흔들린다 느껴졌을 때 나를 위로했던 건
사회적 잣대에 비추어 누가 봐도 성공한
그런 사람들이 아니었다.
오히려 겉보기엔 전혀 화려하지 않은 인생들이
내 어깨를 말없이 감싸주고 소리 없이 위로해주었다.
그리고 힘들더라도 살아갈 힘을 주었다.
그 일이 어쩌면 더 높은 자리로 올라가는 것보다,
집 크기를 더 늘리느라 아등바등 사는 것보다
훨씬 당신의 삶을 풍요롭게 해줄 수 있다고 난 믿는다.

전 세계 인구는 약 76억 명!
그중에 나와 똑같은 사람이 있던가.
76억 명이 존재한다는 건,
76억 개의 서로 다른 인생이 존재한다는 뜻이다.
똑같은 인생이 없는데 비교가 무슨 의미가 있단 말인가.
이 세상, 단 하나뿐인 사람! 단 하나뿐인 당신의 인생에
응원의 '엄지척'을 보낸다.

그리고 언젠가, 겉보기엔 지극히 평범했으나

들여다보면 대단히 치열했을

당신과 내가 마주 앉아 진한 인터뷰 한번,

할 수 있었으면 좋겠다.

책에 다 담진 못했지만 감사해야 할 분들이 너무 많습니다.

평생 육체노동으로 번 전 재산을 사회에 환원함으로써 돈이란 걸 어떻게 써야 하는지 보여준 홍계향 할머니.

자신이 겪은 절망에 좌절하지 않고 많은 사람들과 자신의 아픔을 공유하며 희망을 일구어가는 화가이자 작가, 김새해 님.

얼마 전에도 삼일절 기념 마라톤에서 완주를 했더군요. 우리가 갖고 있는 내면의 힘이 얼마나 큰 기적을 만드는지를 몸소 보여주고 있는 조성희 대표님.

현직 선생님이면서도 자신과 같이 어리석은 부모가 나오지 않길 바라는 마음으로 자신의 지난 과오를 솔직하게 고백했던 용기 있는 선생님이자 이 시대의 어머니, 이유남 교장선생님.

자신만의 소신과 역사관으로 13년 만에 위안부 할머니들과의 약속을 지킴으로써 많은 사람들에게 큰 울림을 준 〈귀향〉의 조정래 감독님.

의료계의 갖은 핍박에도 양심을 지키며 1인 치과를 운영하고 있는 강창용 의사선생님.

순수한 마음이 이 세상에 통하고 있다는 걸 보여준 춘천의 과일가게 사장, 임성기 님. 원칙을 지키는 것이 기적을 이룬다는 걸 알게 해준 건강 제빵사, 유동부 님.

어려웠던 과거를 잊지 않고 대표가 된 지금에도 기업의 바른 모습을 보여주고 있는 서울의지, 선동윤 대표님.

버티는 삶의 가치를 알려주신 방송인 송해 선생님과 탤런트 이순재 선생님.

자식은 결코 돈으로 키우는 게 아니라는 걸 알려주신 대한민국 최다 입양 가족, 김상훈 윤정희 부부.

대한민국 최초로 장애인 배우를 발굴하고 키우며 삶의 행복은 결국 자신을 향할 때가 아니라 여러 사람을 향할 때라는 걸 느끼게 해준 김은경 이사님.

어려운 상황에서도 존엄 케어를 실천하며 살고 있는 복주요양병원의 이윤환 이사장님. 넘치는 에너지로 늘 새로운 일에 도전하며 살고 있는 목은정 디자이너.

방송을 통해서 만난 수많은 주인공들의 삶이 오늘도 저를 성장시키고 있습니다. 진심으로 감사드립니다.